Jean-Claude Oehl

# Votre dernière chance, les Terriens !

*(Très beau roman absolument utopique)*



EDILIVRE

*A nos actes manqués…*

# Chapitre 1

Le Paradis bouillonnait d'effervescence en ce lundi matin car Dieu était arrivé au travail de fort méchante humeur. Et une divine colère, ça fait de sacrées vagues, tout le monde vous le dira…

D'une démarche rageuse il traversa sans saluer personne l'immense hall d'entrée et pénétra dans son bureau en refermant violemment la porte capitonnée derrière lui. Avec un claquement de langue agacé il balança sans ménagements son attaché-case sur un fauteuil Chesterfield en cuir fauve passablement éculé et tout marbré de craquelures. De l'autre côté de la porte, le pool des anges buralistes sursauta comme un seul homme. Craignant un nouvel accès de mauvaise humeur du patron tous replongèrent le nez dans leurs dossiers en adoptant des mines d'employés débordés.

Après avoir congédié le chérubin de service chargé de lui apporter son premier café de la journée, l'Eternel s'assit à sa table de travail. Il tendit le bras droit vers l'interphone et appuya sur un bouton.

Une voix vibra dans le silence.

– Secrétariat personnel, j'écoute…

– Qu'on ne me dérange sous aucun prétexte ! Je ne suis là pour personne… Et quand je dis personne, ça veut dire personne, compris ?

Et il coupa la communication sans attendre la réponse puis, sans transition, plongea une main fébrile dans la poche droite de sa longue chasuble noire. Il en retira une petite clé dorée.

Le sésame donnait accès à une porte discrète sise à l'angle nord du bureau, à moins que ce ne fût l'angle ouest. Ou n'importe quel autre angle, étant donné que rien à l'extérieur ne permettait de se repérer avec exactitude. Dehors tout était vide, mais alors un vide tout à fait vide. La quintessence du néant, du zéro et de l'infini réunis.

Dieu poussa un profond soupir et dit pour lui-même :

– Nom de Moi, il y des jours où on ferait mieux de rester au lit… Qu'est-ce que je peux m'emmerder sur cette planète…

Il n'avait pas tout à fait tort, le maître des lieux : le domicile qu'il s'était choisi n'avait rien de folichon. Tranquille et retiré d'accord, mais alors moche à pleurer. Il avait décidé en désespoir de cause de vivre à cet endroit car le coin qu'il habitait précédemment n'arrêtait pas de recevoir la visite de satellites et autres sondes spatiales, sans compter les débris de fusées et autres objets volants qui s'écrasaient à intervalles plus ou moins réguliers sur sa résidence ou dans le jardin qui n'avait plus rien d'Eden.

Le Boss fouilla à nouveau dans sa poche, la main agitée d'un léger tremblement.

Une petite plaquette oblongue apparut dans sa paume

ouverte. Sous leur dôme individuel de matière plastique luisaient deux rangées de pilules d'un très joli vert foncé. Il écrasa un des blisters et la verdure en concentré tomba dans son autre main. Il avala le comprimé sans eau et se décida finalement à ouvrir cette fichue porte. C'est fou comme le moindre effort peut coûter quand on souffre de dépression, même qualifiée de bénigne par le corps médical.

De sacrés abrutis ces toubibs, soit dit en passant. Il se figea un instant, avec la nette impression d'avoir énoncé une grosse bêtise, puis rougit de confusion en se souvenant brusquement que ceux-là aussi il les avait conçus.

Deux déclics et la porte s'ouvrit. Au fond d'une pièce de dimensions confortables, baignant dans une lueur orangée, se trouvait une console bardée de cadrans, de manomètres et de leviers. On se serait cru dans une de ces saletés de centrales nucléaires, en plus compliqué. C'est de là que le Patron gérait l'Univers.

Il actionna un interrupteur circulaire. Une diode verte se mit à scintiller, accompagnée d'un léger bourdonnement. L'ordinateur central qui contenait les données relatives à tout ce qu'il avait créé depuis… la Création, justement, achevait de se mettre en marche, de se "booter" comme disent ces bricoleurs d'informaticiens dans leur jargon hermétique.

Il s'assit devant l'écran géant à cristaux liquides, ultra plat et traité antireflet : le summum de la technologie : un modèle encore inconnu, même chez les intelligences les plus développées de l'ensemble des galaxies et de leur proche banlieue.

Dieu effleura par inadvertance l'écran et il se produisit une infime décharge d'électricité statique.

Au même instant, à des années-lumière de là, dans l'immensité aride d'un quelconque désert californien, une gigantesque antenne parabolique enregistra le minuscule arc électrique. Aussitôt ses circuits préprogrammés réagirent. Ils prirent en charge le faible signal et le véhiculèrent tout en l'amplifiant jusqu'aux entrailles d'un autre ordinateur. Sur l'écran habituellement inanimé de ce dernier s'inscrivit une simple croix. Pas un "X", mais une croix de type chrétien.

Personne n'y prêta attention…

C'est bien une image de la planète Terre que Dieu venait de faire apparaître sur son écran. Cette sphère, il l'aimait bien, surtout pour ses jolies couleurs bleu et blanc qu'il avait eu un mal de chien à concevoir. Il était très fier d'avoir inventé les océans, les montagnes, les volcans, les grottes et toutes sortes d'organismes vivants. La tronche finale et définitive de certaines de ses inventions l'avaient bien fait rigoler, surtout celles qu'il appelait « les animaux », A sa décharge il n'avait disposé que de cinq jours pour rendre sa copie, ce qui pouvait expliquer certains ratages. Mais globalement il s'estimait satisfait des résultats, à une exception près…

Sa création du dernier jour ouvrable, la race de qualité supérieure qu'il avait souhaitée pour parachever son œuvre et qualifiée "d'humaine" commençait à l'agacer prodigieusement. Il avait au départ souhaité engendrer des êtres bons, loyaux, pacifiques, bref, bourrés de qualités mais il s'était rapidement aperçu que les "humains" n'avaient pas mis longtemps à devenir tout le contraire.

Dans son immense patience et sa grande bonté le grand

architecte avait suivi pendant de longs siècles la progression et l'évolution de ces bipèdes. Il avait admiré certaines réalisations magnifiques, signes d'une intelligence exceptionnelle mais aussi déploré des actes barbares et impitoyables. Il s'était dit que le côté obscur et maléfique de cette branche prétendument évoluée allait s'améliorer et, comme il était par ailleurs très occupé à ajouter de nouveaux astres dans l'immensité de l'Univers le temps passa mais rien de changea, au contraire. Alors de temps à autre il déclenchait rien que pour les Terriens tantôt un tsunami dévastateur, tantôt un séisme apocalyptique ou mieux une pandémie effrayante, fléaux à la suite desquels les victimes se comptaient en millions. Malgré tous ces avertissements la dynastie humaine n'avait strictement rien retenu, ni appris et suivait sans trêve et droit dans ses bottes une ligne qui déviait singulièrement du chemin voulu par son concepteur.

A cause de tout cela Dieu était fatigué et las. Tout ce boulot dans la tête et les mains d'un seul… euh… Dieu, c'était quand même une lourde charge et un job épuisant à la longue. Le Créateur était proche du *burnout* et son humeur, naguère primesautière et joyeuse se transforma au fil du temps en énervement, puis en amertume, puis en colère, puis en rancune haineuse. Pour être sincère et direct il avait fini par prendre l'espèce humaine en grippe. Il ne pouvait plus les blairer, ces cons d'humains ambitieux et arrivistes, avec leur ego surdéveloppé, leur amour de l'argent, de la gloire, du pouvoir et leur acharnement à vouloir se détruire les uns les autres. Il ne s'amusait même plus à compter les mauvais coups, les trahisons, les meurtres, les guerres et même les génocides. D'ailleurs le compteur électronique installé contre le mur de son bureau, lequel servait à comptabiliser les mauvaises actions et qui comportait pourtant un nombre gigantesque de cases destinées à recevoir des chiffres, était désormais saturé et n'indiquait plus qu'un « E + », comme *Empty*, (vide, en anglais), signifiant par ce texte bref que la mémoire dudit compteur était parvenue au maximum de sa capacité.

Dieu soupira… Et dire qu'il ne pouvait même pas donner sa démission vu l'absence de hiérarchie au-dessus de lui ! Tu parles d'un job à la con ! Oui, d'accord, on discute avec les sous-fifres mais en finale, qui prend les décisions, hein ? C'était tout bonnement épuisant…

Malgré son état dépressif et son envie de tout envoyer balader il décida de tenter une ultime manœuvre. La toute dernière…

– Appelez-moi mon fils, ordonna-t-il en appuyant sur le bouton de l'interphone qui le reliait à Gabriel, le cadre supérieur en charge des anges.

– Jésus ? répondit l'autre, sans réaliser le côté stupide de sa question.

– Vous en connaissez un autre ? se moqua l'Eternel tout en se disant que ce pauvre Gabriel était devenu un peu gâteux et qu'une retraite anticipée lui serait salutaire.

– Heu, pardon, Chef, excusez-moi, j'étais ailleurs. Je lui demande de venir ?

– Vous commencez à m'agacer, Gabriel ! Bien sûr qu'il doit se pointer ! Et rapidement, vous pigez ?

– OK Boss, répondit Gabriel, qui parlait couramment toutes les langues possibles et imaginables. Je me magne !

– Vous maniez bien l'argot, fit Dieu, admiratif.

– Faut se tenir au courant, mec ! rétorqua l'impertinent.

Le Maître, quelque peu médusé, se frappa la tempe de l'index droit, secoua sa tête de gauche à droite et inversement à plusieurs reprises en exhalant un long soupir désespéré et mit abruptement fin à la conversation.

Un instant plus tard on entendit une violente pétarade dans le couloir qui menait au bureau du grand Manitou, puis la porte s'ouvrit violemment et un type d'aspect jeune, à la chevelure grisonnante ébouriffée, vêtu d'un jean délavé et d'un T-shirt froissé, juché nonchalamment sur une moto de grosse cylindrée, fit une entrée pour le moins remarquée.

Le smog bleuté produit par le pot d'échappement commençant à envahir la pièce, Dieu commença à tousser et à se frotter les yeux, alors Jésus plein de miséricorde éteignit le moteur de son engin bardé de chromes.

– C'est quoi ce truc ? demanda l'enfumé, visiblement abasourdi.

– Une *Harley Davidson Heritage Softail Classic*, modèle 2013, répondit sobrement le jeune homme. J'en avais plein les cothurnes de me taper les routes de notre soi-disant paradis à pied !

– Mais comment as-tu fait pour l'obtenir ? interrogea Dieu, de plus en plus ébahi.

– Je me suis débrouillé ! rétorqua vivement le garnement au look débraillé. J'ai quelques relations sur la Terre.

– Bon d'accord, passons ! J'ai un truc à te demander et ça tombe bien puisque tu sembles aimer les voyages,

– Tu vas m'envoyer en vacances ? Chouette !

– Pas vraiment. En mission on va dire…

– Où ça ? questionna Jésus, l'air un peu effrayé.

– Ben… Sur la Terre, justement, tu vas être content !

– Oh yes ! s'enthousiasma le motocycliste. Je pars quand ?

– Je vais te briefer et te donner tous les détails dont tu auras besoin, un peu plus tard.

– Papa, je peux te demander une faveur, s'il te plaît ?

– Vas-y, quelle faveur ?

– Etant donné que j'ai une *Harley*, que je suis jeune et que je vais voyager sur la Terre, j'aimerais changer de nom.

– Ah bon ? Et quel nom aimerais-tu ? Dupont, Smith, Meier ? Ou… Yamamoto ? plaisanta Dieu, d'un ton ironique.

– Jaycee, tout simplement.

– Pourquoi Jaycee ? fit le père, un peu décontenancé.

– Les initiales de Jésus Christ c'est bien "J" et "C", non ?

– Absolument exact, bravo !

– En anglais "JC" ça donne "JAY" et "CEE" et moi ça me plaît, ça sonne jeune et moderne.

– T'as raison, fiston, on va se mettre au goût du jour ! On se voit dans 10 minutes dans la salle des écrans, OK ?

– Alright, daddy, répliqua le polyglotte Jaycee en faisant crisser une bise sur la joue de son paternel.

Quelques minutes plus tard, comme prévu, tous deux se retrouvèrent dans la salle des écrans. Un système sophistiqué de conditionnement d'air permettait de jouir d'une température fraîche et dénuée d'humidité, malgré la myriade de LED, de consoles, de serveurs et autres routeurs installés dans la pièce. Cet endroit était d'une telle modernité que sa simple vision aurait suscité de dramatiques crises de jalousie et quelques arythmies cardiaques chez pratiquement l'ensemble des dirigeants de sociétés actives dans le *high-tech* sur Terre.

Le *geek* céleste invita aimablement Jaycee à poser son postérieur sur le cuir d'un siège de conférence.

– Ta mission est simple : tu te balades sur Terre, tu

observes, tu notes, tu compiles et tu m'envoies un rapport succinct une fois par jour.

– Et je suis supposé noter quoi ?

– Le comportement des humains. C'est facile, non ? Tu utilises des mots-clés simples et concis tels que : gentils, foireux, égocentriques, dictatoriaux, etc. Tu vois le genre ?

– Mouais… fit Jaycee, en esquissant une moue dubitative. D'accord, mais je ferai comment pour t'envoyer mon résumé quotidien ?

Le père se leva alors et marcha jusqu'à une crédence dont les portes battantes étaient fermées à clé. Il extirpa d'une de ses poches une clé argentée, ouvrit les portes et plongea sa main dans le meuble. Au bout de deux secondes la main resurgit serrant une petite boîte que Dieu s'empressa d'ouvrir.

– Mais… mais… c'est un téléphone portable ! s'écria le jeunot, pas impressionné du tout. Impossible que ça marche !

– Ne t'en fais pas, c'est un modèle très spécial et qui va fonctionner, tu peux me faire confiance.

Le cours de formation dura une bonne heure, à la fin de laquelle la technique et les fonctionnalités du gadget exclusif n'avaient plus aucun secret pour Jaycee. Il le glissa alors dans une de ses poches.

Ils sortirent de la salle, traversèrent de nombreux couloirs, puis quelques ruelles et se retrouvèrent bientôt à l'extérieur des murs d'Eden. Ils marchèrent encore un instant, jusqu'à un endroit isolé et désert.

– Tu es prêt pour le voyage, mon enfant ?

– Une petite minute papa, j'ai oublié un truc important : ma moto !

– Tu veux vraiment la prendre avec toi ? s'emporta le père, un brin excédé.

– C'est pas la même ! J'en ai une autre plus sympa et surtout plus discrète.

– D'accord, va la chercher, fit Dieu, l'air sombre et vaincu. Mais dorénavant fais-moi le plaisir de porter un casque !

Un instant plus tard un son de moteur différent du précédent s'approcha en s'amplifiant. Jaycee chevauchait à présent une moto toute noire, sans aucun chrome. Il ralentit et arrêta son engin pile devant son géniteur.

– Alors…, elle te plaît ma *Triumph Bonneville Custom* ? demanda le chevalier motorisé avec des relents de fierté dans la voix. En fait je l'ai échangée après avoir constaté que presque tout le monde possédait une *Harley*, surtout aux Etats-Unis et comme je pressens que tu as l'intention de commencer par ce pays, je voulais faire preuve d'originalité.

« Ils sont insupportables ces jeunes… », se lamenta le Créateur, proche du désespoir.

En même temps il ressentait une certaine fierté face aux qualités intuitives de son disciple, lequel avait découvert du premier coup le pays figurant en numéro un de sa "liste".

Il trouvait que l'engin à deux roues ressemblait à un corbillard, mais il ne pipa mot et se racla la gorge afin de s'éclaircir la voix, tandis que Jaycee, obéissant au conseil avisé de papa, ajustait son casque intégral, noir mat lui aussi. L'envoyé très spécial, dans cet équipage, ressemblait à un ange de la mort, un uniforme somme toute adapté au but final de la mission que Dieu s'était fixée, sans toutefois la révéler dans son intégralité à son émissaire. Comme quoi on peut être l'Etre suprême et sans aucune vergogne mentir par omission.

– C'est bon, tu peux y aller ! Attention, 3-2-1-zéro, go ! Bon voyage, mon petit !

Nous ne dévoilerons évidemment pas ici la technique utilisée par Dieu pour propulser son fils unique et préféré vers la distante planète Terre, les voies divines étant, comme chacun devrait le savoir, impénétrables. Mais nous vous révélerons toutefois que le Père éternel s'était très récemment ravisé quant au futur destin de la planète Terre.

La conclusion de cette volte-face se résumait désormais à ceci : « le bleu est une couleur que j'affectionne et je respecterai autant que possible toutes les autres espèces créées par moi et vivant sur et sous sa surface. Cette planète unique ne sera par conséquent pas effacée de l'Univers. Par contre les châtiments que j'infligerai à la race humaine seront proportionnels aux actes qu'ils ont commis et qu'ils commettent encore ».

# Chapitre 2

Le désert de Mojave est une étendue aride et désertique, située en Californie du Sud. Cette zone inhabitable, au sol poudré de jaune, composée d'anciens volcans et de champs de basalte est réputée pour ses températures estivales pouvant atteindre 50 degrés Celsius.

Ce matin-là, une partie du désert totalement sauvage et mortellement tranquille fut le témoin d'une scène pour le moins singulière : un jeune homme vêtu et casqué de cuir noir, chevauchant une moto de même couleur, surgit comme par magie entre deux énormes blocs de rochers, non loin de Granite Peak, au sud des Dunes de Kelso. Jaycee venait d'"atterrir" en douceur…

Il mit quelques minutes à réaliser où il avait été parachuté, s'auto-congratula pour la justesse de sa prévision, s`ébroua et scruta longuement les alentours. Pas âme qui vive à l'horizon de cet environnement hostile, peuplé de sable et de touffes d'herbe rares et rabougries, à cette époque de l'année. Il mit plein gaz et suivit pendant un laps de temps assez long la piste pierreuse qui ondoyait sous la chaleur ardente. Parvenu enfin à un embranchement, il obliqua plein sud sur Kellbaker Road jusqu'à la jonction avec l'autoroute 40, laquelle à cet endroit relie les villes de Needles et Barstow, toutes deux sises dans le Comté de San Bernardino.

Une fois calé sur l'autoroute il roula de manière souple et décontractée, imitant en cela les motards aperçus le long du ruban asphalté et veilla à ne pas dépasser la vitesse maximale autorisée sur l'Interstate 40, à savoir 70 mph (miles per hour), ce qui correspond à environ 113 km/h. Sur les axes routiers de Californie la police était omniprésente et verbalisait sans aucune pitié les contrevenants, même pour une faute vénielle.

Il se souvint tout à coup avoir entendu parler d'une route historique, voire mythique : la 66. Jaycee sourit à cette évocation car aux Etats-Unis le nombre « 666 » désigne le Diable, sans qu'on ait, même de nos jours, formulé une explication soit mathématique, soit historique ou même associée à la gématrie[1]. Une hypothèse à laquelle un certain nombre de personnes s'attachent néanmoins est que, dans le treizième chapitre de l'Apocalypse, verset 18, on parle de « LA BETE », que les Chrétiens auraient naturellement et peut-être hâtivement associée à Satan.

Il sortit de l'autoroute à la prochaine aire de repos. Là, il extirpa d'une des poches de son blouson de cuir le "téléphone" remis par son opérateur exclusif et composa le code sur le clavier. Il n'avait vraiment rien de spécial cet appareil. Sa façade ressemblait à n'importe quel smartphone du commerce. Jaycee se demanda un instant si son père ne se

---

[1] Voir la très exhaustive (et quelque peu compliquée () analyse sur le site http://www.cabale.online.fr/kabbal/k2.htm

foutait pas un peu de sa gueule.

Il appuya sur l'icône "cartes" et trouva rapidement ce qu'il cherchait. Après quoi il redémarra et retourna sur la I-40.

Quelques minutes plus tard il ressortit de la I-40 à la sortie numéro 50, aux environs de la ville de Ludlow et se retrouva peu après sur l'axe routier qu'il cherchait, rebaptisé depuis son déclassement par les autorités en 1985 : *Historic Route 66*, dont le revêtement était en piteux état. La volonté de maintenir une activité économique aux abords de cette route ainsi que la préservation d'un certain passé ne semblait pas avoir effleuré l'âme froide et calculatrice des politiciens de l'époque. Seuls quelques touristes nostalgiques, la plupart du temps des bikers en mal d'aventure, aux relents de Grand Ouest perdu, hantaient de manière brève et saisonnière les portions encore carrossables de la 66.

Jaycee parcourut encore quelques miles et se fit un malin plaisir d'aller prendre un verre au « Bagdad Café », rendu fameux par un film sorti en 1987 et planté comme une fleur de bois rouge, biscornue et solitaire sur la terre rocailleuse et grise de Newberry Springs.

Sa pause-café terminée et sans prêter attention aux autres consommateurs, qui d'ailleurs le lui rendaient bien, car on est farouchement individualiste dans ce coin du monde, Jaycee remonta sur son engin et prit la direction de Los Angeles.

Le trajet se déroula sans encombres ni événement particulier. Notre motard constata avec une certaine amertume que cette métropole presque entièrement bétonnée était dénuée d'intérêt, en tout cas sur le plan culturel, hormis peut-être les divers studios de cinéma, les parcs d'amusement, les étoiles gravées sur le trottoir du *Grauman Chinese Theater*, sur Hollywood Boulevard, où les stars défuntes ne s'étaient pas rendu compte que la gloire et la vie même n'étaient pas éternelles. Les idoles actuelles, provisoirement encore de ce monde et se croyant à l'abri de tout danger derrière les grilles de leurs résidences de luxe, se faisaient un devoir de perpétuer cette tradition et s'obstinaient à faire mousser leur ego sans limites en imprimant l'empreinte de leurs mains dans l'asphalte, ou en exhibant leur vanité de nouveaux riches dans des limousines aux dimensions faramineuses. Jaycee estima que cette ville et ses habitants n'exhalaient qu'illusion, frivolité et nombrilisme. Il enregistra ces derniers qualificatifs peu flatteurs dans son téléphone et s'éclipsa vers une nouvelle destination par l'autoroute I-110.

Parvenu dans la ville de Gardena, municipalité un peu au sud-ouest de Los Angeles, il s'arrêta devant un édifice blanc étincelant qui ressemblait à un hôtel mais aussi à un de ces gâteaux dégoulinants de crème qui sont une des expressions typiques du bon goût, du kitsch et de cette propension compétitive des habitants des Etats-Unis à toujours vouloir épater et surpasser tout le monde, quitte à friser le ridicule.

Il parqua sa Triumph et entra dans le bâtiment. La Chapelle du Calvaire, c'était son nom, se révélait être une église aux dimensions fantastiques, puisqu'elle pouvait accueillir 1'700 personnes simultanément avec un taux de remplissage maximum lors de chaque office. Il faillit s'étouffer de rire face au texte figurant sur un des murs de l'église : « *Jesus, come quickly* », suppliaient les mots. Ni les fidèles rassemblés à cette heure sur les bancs de bois brun, ni le "*minister*" gesticulant sur son estrade avec des trémolos dans la voix ne se doutaient que celui qu'ils attendaient depuis pas mal de temps venait de débarquer incognito parmi eux et qu'il écoutait avec un dégoût grandissant les inepties débitées par le soi-disant représentant de la Maison-Mère *God, Jesus Christ and Company, Limited.* Il ajouta des notes dans son portable. Ce qu'il ignorait c'est que toutes les remarques entrées dans l'appareil parvenaient dans les secondes suivantes à son paternel. En outre il méconnaissait le fait que le Très-Haut avait égaré ses remèdes lénifiants, ce qui le rendait d'une humeur de chien.

Et quand le Père éternel était au bord de la crise de nerfs il fallait s'attendre à des actes irréfléchis.

Jaycee n'attendit pas la fin de l'office, reprit sa route vers le sud et décida de se ressourcer quelques instants au bord de l'océan Pacifique. Il dénicha une petite crique déserte et calme aux environs de Laguna Beach et là, face à l'étendue bleue et calme, il contempla longuement le soleil disparaître à l'horizon.

Le téléjournal diffusé ce soir-là fit brusquement état d'informations alarmantes au sujet de la Californie. CNN et les grands réseaux nationaux entrèrent en ébullition et les bandeaux *Breaking News* se mirent à fleurir de manière continue et insistante sur les écrans. Sur chaque chaîne de TV et devant une carte géographique murale constellée de flèches et autres symboles, un aréopage de prétendus "spécialistes" glosait interminablement sur le sujet du jour, émettant les hypothèses les plus fantaisistes et dispensant chacun leur solution comme une parole d'évangile, ferme, définitive et incontestable.

Les incendies qui ravageaient depuis des semaines le sud de la Californie avaient soudainement redoublé, voire décuplé d'intensité. Mais ce n'était pas tout : des secousses sismiques de magnitude moyenne commençaient à affoler les sismographes, dont les aiguilles tressautaient et traçaient sur le papier des zigzags inquiétants. Les zones situées le long de la faille de San Andreas étaient particulièrement touchées. Les chaînes de télévision n'interrompirent pas pour autant les nombreux écrans de publicité qui émaillaient leurs programmes. *Business is business…*

Au milieu de la nuit, alors que les secousses paraissaient avoir perdu en force et que les incendies de forêts rougeoyaient un peu partout sur la terre chaude et sèche de Californie, le Big One, séisme géant tant redouté par les Californiens et souvent annoncé par les prophètes de l'Apocalypse décida qu'il était temps pour lui de se manifester.

Ce fut comme un frisson causé par une caresse tendre sur la peau d'une épine dorsale réceptive aux câlins, mais en beaucoup plus violent et d'une durée qui parut interminable. Les cinq branches de la faille de San Andreas, dont la longueur cumulée dépasse les 2'000 kilomètres entrèrent simultanément en vibration, magnitude 9 sur l'échelle de Richter. Le maximum… La faille de Puente Hills entra à son tour dans la macabre sarabande et ses mouvements tectoniques fantasques, d'une violence non-mesurable, donnèrent le coup de grâce au bassin de Los Angeles tout entier.

Les autres grandes métropoles, San Francisco, San Diego, ainsi que toutes les agglomérations petites et moyennes, adjacentes ou éloignées furent désintégrées en un instant ou disparurent dans des crevasses d'une largeur inimaginable. Se brisant sous le choc les conduites de gaz laissaient échapper leur contenu délétère et de nouveaux incendies se déclarèrent, se mêlant aux trombes d'eau jaillissant des tubulures éventrées et aux gerbes d'étincelles électriques produites par la rupture des câbles, sur l'ensemble du réseau à haute tension.

Les infortunés usagers du Golden Gate Bridge furent tous précipités à la mer lorsque sa structure de métal, ses câbles et son tablier se rompirent en une déflagration de courte durée, mais qui, pour les victimes, sembla durer indéfiniment.

A Los Angeles les échangeurs autoroutiers, composés de plusieurs étages de bitume et de dalles de béton, se plièrent jusqu'à ressembler à des triangles géants sous les roues de milliers d'automobiles, entraînant les malheureux occupants et leurs véhicules dans un abîme fatal, pour finalement s'affaisser lentement comme des châteaux de cartes, dans un fracas assourdissant.

Près de Bolinas, plus au nord, les membres d'une des dernières communautés hippie existante, quasiment tous défoncés au LSD, virent leur existence s'arrêter dans une sorte de ralenti coloré.

A la frontière mexicaine, le grillage anti-immigration mis en place pour contrer les incursions clandestines vers l'Eldorado nord-américain se mit à osciller violemment, tel un dessert de Jell-O, pour finalement s'abattre sur toute sa longueur, ridicule et désormais vain, dans un nuage de poudre ocrée.

Dans un palace luxueux de Las Vegas, un client fortuné, que la call girl dont il avait monnayé les faveurs en fin de soirée avait réussi, après maints efforts, à placer sur la rampe de lancement du plaisir, connut le plus bel orgasme de sa vie. Hélas, ce fut le dernier…

Le mur de béton du gigantesque barrage d'Oroville, pourtant qualifié d'indestructible par ses ingénieurs céda à 3h45. Des millions de mètres cubes d'eau s'abattirent sur une superficie d'environ 4'000 kilomètres carrés. Les rares survivants de l'Etat perdirent en quelques minutes 40 % de la consommation annuelle d'eau potable. La Californie produisait avant le drame des fruits, des légumes et du vin. Presque tout était dévasté ou en passe de l'être…

A Los Angeles et aux alentours, plus aucun signe de vie. Les visites des studios de cinéma, des parcs d'attractions tels que Disneyland, ainsi que les promenades idylliques dans des villas de stars étaient désormais impossibles, pour cause de décès. Les fans de séries et de téléfilms réalisés à Hollywood devraient s'armer de patience pendant une période considérable avant de retrouver la suite et le dénouement de leur saga favorite. Les producteurs new-yorkais, dans leur immense altruisme, se frottaient déjà les mains à la pensée que toute la création cinématographique verrait désormais le jour ailleurs que dans cette foutue Californie et que leurs bénéfices atteindraient bientôt des sommets astronomiques.

La Silicon Valley et ses fleurons technologiques furent réduits en cendres et effacés de la carte, en même temps que San Francisco, ses tramways légendaires, sa culture alternative et son importante communauté homosexuelle. L'annihilation de cette dernière offrit un ultime rictus de satisfaction aux nombreux homophobes obtus qui avaient mené sans discontinuer leur croisade d'intolérance, qu'elle fût purement verbale ou entachée dans certains cas d'une extrême brutalité.

Quant aux nombreuses bases militaires et à leur armement sophistiqué, disséminées sur le territoire et entretenues à grand frais sous couvert de défense, mais dissimulant à peine des tendances paranoïaques, mieux valait les évoquer au passé et en silence.

Sur le plan spirituel, les quelque trois mille sectes religieuses ou assimilées de la région ne verraient plus jamais de fidèles regroupés en transe en leur sein et payant avec ferveur le 10 % de leur gains à leur église chaque dimanche, après avoir tordu leur prochain et nui à leurs congénères le restant de la semaine. Le Big One n'avait pas fait le détail et décimé de manière aveugle et sans aucun discernement les congrégations plus ou moins fantaisistes ayant vu le jour sous le ciel presque toujours bleu du sud de la côte ouest. Tous ces faux prophètes qui se réclamaient de Dieu ou de Jésus, qui osaient déclarer sans vergogne à leurs ouailles avoir rencontré l'un ou l'autre, face à face ou par le truchement d'une ligne directe particulière, passèrent de vie à trépas sans qu'aucune assistance extrahumaine ne se manifestât.

L'ironie du sort fit que les bigots succombèrent de la même façon que les méchants athées, mécréants et agnostiques, tous ces sans-Dieu qu'ils méprisaient tant. Ils périrent carbonisés, vitrifiés, noyés, ensevelis, asphyxiés, électrocutés, ou simplement d'un arrêt cardiaque engendré par la terreur. La mort se moquant des castes on retrouva par endroits les dépouilles amalgamées des antagonistes d'hier, unis en une sorte de dernière communion.

Seul un silence pesant parvenait du territoire californien. A l'aube naissante, les rares avions des vols commerciaux, ainsi que les jets de l'US Air Force dépêchés en catastrophe au-dessus du territoire affecté par la catastrophe signalèrent qu'une épaisse couche de fumée empêchait de distinguer quoi que ce fût au sol.

La perte financière pour l'économie des USA atteignait à cet instant des montants incommensurables, mais le nombre estimé des pertes humaines donnait le tournis : entre 3 et 4 millions de morts, selon la première évaluation d'un "spécialiste" invité de CNN à Atlanta. La quantité de personnes ayant perdu leur emploi à la suite du désastre et par conséquent tout pouvoir d'achat demeurait pour l'instant quant à elle non-mesurable. Dans cette partie du globe l'humanité entra en une récession proche d'un retour à l'âge de pierre.

Le voile opaque des fumées se déchira après quelques jours et les observations aériennes purent reprendre. Une équipe de CNN, embarquée à bord d'un P8-Poseidon de l'US Navy vécut sans doute l'expérience la plus traumatisante de son existence journalistique : en survolant la frontière fictive entre l'Arizona et la Californie ils remarquèrent une étendue aquatique énorme qui venait lécher la terre aride du premier état nommé. Il fallut se rendre à une évidence monstrueuse : une grande partie du défunt Etat de Californie s'était évanouie dans l'océan Pacifique, dessinant ainsi une nouvelle carte géographique du territoire nord-américain. Les prévisions en pertes humaines augmentèrent soudainement de quelques centaines de milliers d'unités et c'est la voix étranglée par l'émotion et les larmes que le commentateur de la chaîne d'informations en continu rendit l'antenne à son studio de Géorgie.

Les seuls authentiques autochtones, les Amérindiens, confinés dans les divers territoires inhospitaliers que les conquérants blancs leur avaient "généreusement" attribués, en vertu de traités la plupart du temps non respectés par les colons envahisseurs, ressentirent eux aussi cette nuit-là les vibrations plaintives du sol, mais demeurèrent d'une impassibilité totale face à cette manifestation. Pour l'avoir fréquenté durant des siècles avant l'arrivée de l'Homme blanc, ils connaissaient chaque facette de la nature sujette aux brusques changements de leur habitat. La sécheresse, les tornades, les séismes et les crues subites ne leur étaient pas inconnus.

Le matin qui se levait à présent sous un soleil quasiment écarlate allait pourtant apporter son lot de surprises désagréables, même pour les initiés…

De l'ouest surgit inopinément un vent brûlant à l'odeur de chair calcinée alors qu'à l'est des nuages noirs aux reflets gris et jaunes emplirent en un instant le ciel, jusqu'à toucher le sol. Une forme blanche, aux proportions gigantesques et en forme d'entonnoir, avançait en tourbillonnant à une allure démente, détruisant absolument tout sur son passage. La tornade géante avait déjà dévasté pendant la nuit la majorité des territoires du Midwest. Les décès se comptaient en centaines de milliers, humains et têtes de bétail confondus.

Ce ne fut pas encore la fin des épreuves. Au cours de la nuit de l'horreur, loin de la côte orientale des Etats-Unis, une vague haute de 40 mètres avait pris subitement naissance, sans aucune explication rationnelle, au milieu de l'océan Atlantique. Elle parcourut quelques milliers de kilomètres vers l'ouest à une allure démente, tout en se renforçant et s'abattit au lever du jour comme un coup de bélier sur les orgueilleuses cités bâties tout au long de ce rivage, du Maine à la Floride. La vague bien entendu n'épargna pas le Golfe du Mexique et submergea rapidement l'ensemble des villes se trouvant sur sa route meurtrière.

Quelque part en Alabama, des adhérents cagoulés du Ku Klux Klan défilaient à la lueur de leurs torches de feu en vociférant des slogans racistes. Ils moururent tous ensemble avec des restes de haine gravés sur leur masque mortuaire.

Dans le Colorado, non loin de Hooper, des passionnés d'ufologie s'étaient regroupés comme presque chaque semaine à l'UFO Watchtower, espérant que la visite tant espérée d'extraterrestres pacifiques, dotés d'une intelligence supérieure, serait pour cette nuit. Il se passa effectivement quelque chose... Le lendemain un miraculé ayant échappé à la tuerie crut lire sur les masques mortuaires des cadavres regroupés en une sorte de cercle et gisant sur l'humus dans la rosée de l'aurore, une expression de totale surprise et d'intense réprobation.

Hasard du calendrier, la campagne présidentielle américaine touchait à sa fin. Après une lutte acharnée, ponctuée d'échanges verbaux agressifs, ironiques et cinglants, ainsi que d'attaques blessantes et hors-sujet faisant allusion à la vie privée, voire aux préférences sexuelles de chacun, ne restaient plus en lice que deux adversaires.

Le premier, un milliardaire populiste et arrogant, coupe de cheveux tarabiscotée et peroxydée, prêchait en faveur d'une Amérique libérée de certaines ethnies, s'élevait au moyen d'une rhétorique simpliste contre l'immigration clandestine et enfin prônait le retour de son pays à la seule place possible, celle de leader incontesté du monde. Il démontrait sa méconnaissance de la politique mondiale et son inculture crasse à chacune de ses interventions, ce qui ne posait aucun problème à ses partisans, à égalité avec lui question intellect.

Son challenger était avocate, également fortunée et incidemment l'épouse d'un ex-président. Ses dehors de femme respectable et souriante dissimulaient mal une ambition démesurée, motivée en partie peut-être par le besoin d'une revanche à prendre sur un mari un peu trop attiré en son temps par les stagiaires aux lèvres pulpeuses et pas trop opposées à s'agenouiller sous un bureau.

Hélas pour eux, en cette funeste journée, à quelques secondes d'intervalle, la justice du Ciel les frappa tous deux ainsi que leurs électeurs crédules et moutonniers. Les infortunés politiciens ne parvinrent par conséquent jamais à ne pas tenir les promesses faites à leurs électeurs.

Le cœur politique de Washington, le poumon financier de New York, les cerveaux des scientifiques, les muscles des diverses méga-industries, les plaisirs du sexe et des jeux du Nevada, en un mot les organes et les sens qui subsistaient encore dans ce corps vigoureux et arrogant, naguère connu sous le nom d'Etats Unis d'Amérique, avaient cessé de fonctionner.

Sur les écrans des téléviseurs du reste du monde et devant des spectateurs horrifiés le bandeau *Breaking News* vira sèchement au noir, profond, silencieux, complet et définitif. Le nombre des décès devenait incalculable. Pour les éventuels survivants encore présents, qui erraient hagards et dépenaillés sur ce territoire, le laps de temps additionnel à disposition ne serait jamais qu'un sursis. Le second amendement de la Constitution américaine octroyait à chaque citoyen le droit d'acquérir et de posséder une ou plusieurs armes, en premier lieu pour assurer sa propre défense. On s'aperçut très rapidement que ces jouets létaux se verraient utilisés par des psychopathes, des tueurs en série, des détraqués de toute nature et même par des enfants, à la suite de la négligence des parents. Le dernier gouvernement en date avait tenté à plusieurs reprises de voter une modification de l'amendement, mais en vain, contré qu'il fut par la National Rifle Association (NRA), épaulée par les divers lobbies concernés, lesquels voyaient leurs intérêts financiers menacés. Dans ce pays où le chacun-pour-soi prévalait, nul doute que les rescapés se feraient une joie et un devoir de s'entretuer méthodiquement.

Les collaborateurs et cadres des défuntes grandes multinationales américaines, basés dans de nombreux pays du monde, mais dont le siège ou la production se trouvaient aux Etats-Unis, se demandaient quant à eux de quelle couleur serait leur avenir. Il allait devenir ardu de proposer à la vente des produits de toutes sortes qui ne seraient plus manufacturés, du moins à moyen terme, sur la terre de l'Oncle Sam. Par exemple acquérir une Ford Mustang, une Chevrolet Camaro, voire un Boeing 777, relevait à présent de l'utopie. Le problème des pièces de rechange se posait également. Bien sûr il existait pour certains secteurs des solutions alternatives, mises en place par des dirigeants férus de mondialisation, lesquels avaient depuis longtemps délocalisé tout ou partie de leurs activités dans des pays aux coûts salariaux ridicules, régis majoritairement par des gouvernements allergiques aux Droits de l'homme.

Mauvaise farce pour les accros et autres obsédés des réseaux sociaux tels que Facebook, Instagram, Youtube ou encore Twitter. Les serveurs hébergés en majorité aux USA ayant souffert d'une destruction quasi totale, les égotistes acharnés et les fanatiques des autoportraits en majorité dénués de toute valeur – sauf évidemment aux yeux de leurs auteurs – devraient renoncer dans la douleur et pour une période indéterminée à leurs outils de pseudo communication, à leurs "*likes*" attribués à la louche, au moyen d'une orthographe déplorable et sans aucune réflexion préalable. Elle semblait bien devoir connaître une longue pause l'époque des commentaires ineptes et des attaques hargneuses déversés par des gens insignifiants, sans réelles relations sociales – mis à part leur 56'312 amis virtuels –, à l'existence banale, lesquels se sentaient importants et intouchables face à leur clavier, courageusement calfeutrés derrière le parapluie de l'anonymat. Confie une once de pouvoir ou simplement la parole – même de façon éphémère – à un imbécile ou un revanchard et tu regretteras le bon temps où une certaine censure dressait son barrage protecteur.

Plus grave encore : la majorité des armées de ce bas monde avait jusqu'ici opté pour du matériel US : avions, navires, missiles, armement divers, munitions en tout genre, constituaient l'essentiel de leur arsenal. Les chefs politiques de la Russie, de la Chine, de la Corée du Nord, les gouvernements non-alliés des USA, ainsi bien évidemment que les multiples groupes terroristes disséminés sur le globe, entrevirent immédiatement les possibilités offertes par ce soudain changement de la donne. Pour la Russie, cela signifiait qu'une hégémonie en Europe et dans divers autres pays du tiers-monde pourrait se concrétiser, sans avoir à tirer un seul coup de feu. La Chine, quant à elle, s'imaginait fort bien devenir la seule puissance crédible et redoutée dans toute la zone Asie-Pacifique. On commencerait par mettre au pas les cousins de cette maudite île de Taïwan, laquelle avait nargué avec insolence la mère-patrie depuis 1949. Puis on verrait comment se comporter avec le minuscule Japon et les états de la péninsule indochinoise. Si tout se passait comme prévu on envisagerait une petite incursion touristique en direction de l'Inde. Les Anglais, certes alliés historiques des Indiens, mais désormais privés du soutien des Américains, se montreraient sans doute plus réceptifs à une négociation…

# Chapitre 3

Quelques minutes avant que le cataclysme ne frappât une grande partie du continent américain, Jaycee, perdu dans sa rêverie océanique, s'était soudainement senti comme soulevé de terre par une force irrésistible. Dieu, en père protecteur, l'avait naturellement préservé, ainsi que sa moto, très curieusement.

Le Boss, pendant ce temps-là, faisait ses comptes. Il paraissait heureux et triste à la fois. Heureux d'avoir enfin donné une bonne et vigoureuse leçon à ces impérialistes arrogants et vaniteux de Ricains, mais triste d'avoir eu à sacrifier sur l'autel de sa conception de la justice un trop grand nombre d'innocents, principalement des enfants et des animaux. Il fit taire les remords de sa conscience au moyen d'une locution proverbiale connue : « on ne fait pas d'omelettes sans casser des œufs ». Epitaphe froide et impitoyable dans la bouche d'un être sensément bon et tolérant, mais… personne n'est parfait, surtout pas ceux qui édictent les règles, destinées avant tout à n'être suivies et respectées que par les autres. Et pour justifier encore davantage ses actes il se dit que les enfants emportés dans la mort seraient certainement devenus à une date plus ou moins proche des adultes pourris et foncièrement mauvais.

Légèrement groggy, Jaycee ouvrit les paupières et jeta un coup d'œil circulaire à son nouveau décor. Sa Triumph reposait non loin de lui, sagement posée sur sa béquille. Il dévissa le bouchon du réservoir d'essence et constata avec plaisir que le niveau du précieux liquide était suffisant. Une sorte de brouillard teinté d'ocre enveloppait l'ensemble du paysage environnant et on entendait dans le lointain une sorte de bruit de fond, un ronronnement continu et dérangeant. L'atmosphère semblait lourde, très dense et provoquait des picotements sous les paupières de l'ambassadeur occulte. Il éprouvait en même temps une certaine gêne respiratoire.

« Qu'est-ce que c'est que ce coin ? », se demanda-t-il *in petto*.

Il activa vivement la géolocalisation de son smartphone. Une carte détaillée lui indiqua qu'il se trouvait sur le site archéologique de Palmyre, en Syrie. Le son qui lui agressait les tympans et le cerveau provenait d'énormes engins de terrassement, pilotés par une bande de jeunes barbus excités, abondamment armés et semblant avoir un peu abusé des amphétamines. Un nom revenait à intervalles réguliers dans les phrases que ces hommes se hurlaient les uns aux autres : "Allah".

Jaycee, à l'abri des regards mais pas rassuré du tout décida de tenter un appel téléphonique en direct avec son père. Il appuya sur la touche "1". Quelques tonalités plus tard une voix rassurante résonna dans le mini haut-parleur.

« Salut gamin ! Pour ton information je vois tout ce qui

se passe en ce moment à l'endroit où tu te trouves et tu as intérêt à te planquer. La dernière fois que je t'ai dépêché sur Terre en voyage officiel cela s'est très mal terminé, tu te souviens ? Ces gens-là ont perdu tout sens moral. Ce sont des sociopathes fanatiques et des criminels qui se réclament de moi, bien entendu c'est complètement faux. Je vais te protéger et les punir, la plaisanterie a assez duré. »

Un peu qu'il s'en souvenait de son aventure, le fiston… Le procès truqué par les Romains, la lourde croix à porter sous un soleil de plomb dans cette satanée montée du Golgotha, même pas goudronnée, ses coreligionnaires qui l'avaient renié, son pote Judas qui avait palpé la coquette somme de trente deniers pour prix de sa trahison, la foule qui lui crachait au visage, la couronne de fleurs qu'un abruti sadique avait agrémentée d'épines et pour finir les souffrances intolérables aux mains et aux pieds, transpercés par des clous de mauvaise qualité, tavelés de rouille. Près de deux mille ans plus tard il en ressentait encore les effets à chaque changement de temps.

Jaycee voulut lui répondre mais Dieu mit fin à l'appel de manière unilatérale. Il se sentit de nouveau déplacé, comme une feuille morte dans un vent d'automne. Il se retrouva, toujours flanqué de sa fidèle monture, bien à l'abri dans une grotte profonde où coulait une eau fraîche, pure et bienfaisante. La voix de son père résonna sous les voûtes de cette espèce de crypte et lui enjoignit une nouvelle fois de ne pas s'éloigner de cet endroit jusqu'à nouvel avis. Il lui fit en outre parvenir par courrier spécial, rapide et miraculeux une lampe et de quoi se sustenter. Jaycee apprécia le geste mais ne put s'empêcher de tracer un parallèle entre cette grotte et le sépulcre glacial dans lequel on l'avait placé après sa crucifixion et son décès. Lui-même pensait être définitivement mort. Trois jours et deux nuits dans ce caveau lui parurent une éternité d'autant plus que son repos, annoncé comme définitif fut trop souvent troublé par des hordes de pleureuses, sortes de groupies de l'époque, dont les lamentations sporadiques mais bruyantes l'empêchaient de se relaxer totalement. Et puis il y avait eu ce doute : celui qui avait déclaré être son père l'avait-il abandonné à son sort ? Que nenni ! Selon la version officielle Dieu s'était simplement accordé un délai de réflexion, comme après un achat inconsidéré. D'après les mêmes sources, après avoir cogité et pesé le pour et le contre, le paternel avait opté pour une résurrection, laquelle provoqua un certain émoi parmi les curieux qui eurent la mauvaise idée de visiter le tombeau le quatrième jour. L'affaire occasionna un tel retentissement qu'on en parle encore aujourd'hui, c'est vous dire !

Pour se changer les idées consécutivement à cette évocation dramatique, Jaycee convint que le temps de briquer sa chère Triumph était venu. Après tout il y avait de l'eau en abondance dans son refuge, alors pourquoi se priver ?

Le dernier lustrage à la peau de chamois effectué sur le métal de la moto, il recula en fermant un peu les paupières comme le font les amateurs d'art devant une œuvre plastique, se déclara satisfait du résultat et s'octroya une pause repas bienvenue. Dieu devait être un fin gastronome car les mets à disposition se révélèrent goûteux et raffinés.

Alors que notre spéléologue amateur finissait de se rincer la bouche après avoir terminé ses agapes, des événements que l'on pourrait qualifier au minimum d'étranges commencèrent à se déclarer dans la région et le reste de la péninsule arabique, un peu après le coucher du soleil…

Aux environs de 22 heures, un employé travaillant pour une société multinationale en charge de l'exploitation des gisements de pétrole proches de Kirkouk en Irak signala à sa hiérarchie que l'or noir avait subitement cessé de s'écouler des puits placés sous sa responsabilité. **De tous les puits** ! On se demanda tout d'abord si le gus n'aurait pas par hasard un peu abusé du haschisch durant sa journée de boulot, puis on se rendit compte que le type était totalement clean et qu'il ne déconnait pas. Pendant les heures qui suivirent les diverses équipes techniques s'acharnèrent à trouver une solution rationnelle au problème, mais rien n'y fit. La fébrilité des professionnels fit place à ce qui ressemblait à une grosse panique lorsque l'on s'aperçut, au travers de dépêches tendues entre compagnies, que le tarissement était général. Les pompes associées aux installations ne produisaient plus qu'une boue saumâtre et nauséabonde.

Plus loin et presque au même instant, près de Palmyre, un des membres les plus fanatiques des barbares, ceux qui l'après-midi même abattaient à la masse des œuvres d'art irremplaçables, faisaient exploser des rangées de colonnades millénaires et concassaient ensuite le tout sous les chenilles de leurs bulldozers, fut tenaillé par une irrépressible envie de boire. Il se rendit donc l'air guilleret sous la tente abritant le grand réfrigérateur, alimenté par un groupe électrogène. Il déposa sa Kalachnikov près d'une table, ouvrit la porte du frigo et une bouffée d'air frais lui caressa le corps. D'un geste machinal il décapsula une bouteille, porta le goulot à ses lèvres, avala une grosse gorgée de liquide et… recracha aussitôt le tout, en même temps qu'il exhalait un juron très imagé mais intraduisible, avec une expression de dégoût, mêlée de surprise et de haine. Par on ne sait quel prodige l'eau, denrée très rare sous ces latitudes, s'était transformée en alcool blanc.

Dieu, de son côté, s'amusait comme un petit fou devant ses écrans. D'humeur facétieuse il s'ingénia à élaborer de nouvelles farces qui ne manqueraient pas, il en était persuadé, de distraire agréablement les groupes de Terriens pris pour cible ce soir. Sur l'ensemble de l'Afrique du Nord et des pays du Moyen-Orient les robinets d'eau potable ne dispensaient désormais que du pétrole, du vrai, du brut, bien visqueux, l'as des as de l'indice A.P.I. Bien entendu, là aussi l'eau en bouteilles se transforma soudain en une denrée enivrante, en totale contradiction avec les préceptes de l'Islam. Dieu se demandait d'ailleurs pourquoi ses croyants, dont il était l'unique chef après tout, avaient cru bon d'inventer pour se référer à lui trois noms : Dieu, Allah et Jéhovah. Les seuls qui n'emmerdaient jamais personne étaient les Bouddhistes. Bizarre, tout ça… Mais ce soir il se chargerait de remettre les pendules à l'heure et ses brebis égarées sur le chemin de la perfection.

Le monde entier était désormais au courant de ce qui était arrivé aux USA. Mais comme on dit chez les anglophones : « *the best is yet to come* ». En effet le meilleur était encore à venir.

Les services du Mossad, le contre-espionnage israélien, reçurent les premiers, vers 23h30, via leurs agents disséminés dans les pays limitrophes, tous hostiles au sionisme, des informations exhaustives en rapport avec les événements catastrophiques en cours dans certains pays du sud-est de la Méditerranée et de la péninsule arabique. Dire qu'ils en furent attristés serait un mensonge. Au contraire, on put lire sur les faciès de leurs politiciens et militaires les plus virulents, ceux que leurs opposants surnommaient les faucons, mais qui en réalité en étaient de vrais, une expression de joie sans mélange. Le bouclier de l'allié américain ne les protégeait certes plus, mais qui en aurait besoin désormais ? L'annexion pure et simple de vastes territoires jouxtant l'état du peuple autoproclamé "élu" interviendrait dans un délai très bref. Un peu de patience suffirait, un temps qu'on emploierait à regarder les salopards d'en face crever de soif ou d'alcoolisme. Le fanatisme religieux, quand il se mêle à la politique induit trop souvent des attitudes et des actes abjects. Et un des aspects pervers des religions consiste aussi à cautionner, voire encourager les entreprises les plus infâmes.

A l'époque où les enfants d'Israël, emmenés par Moïse, quittèrent l'Egypte et ses pharaons esclavagistes pour la terre promise, Dieu avait édicté, comme chacun sait, les fameux Dix Commandements et les avait remis tout chauds et gravés sur deux pierres plates, au sommet du Mont Sinaï à un Moïse rempli de ferveur, mais quand même un peu épouvanté.

Les Hébreux se situaient alors dans le camp des victimes mais avec le temps les choses se modifièrent et durant les dernières décennies, Israël, devenu depuis 1948 un état souverain, dévoilait progressivement des apparences plutôt impérialistes, sous prétexte de défense et de protection. Ils occupèrent des territoires ne leur appartenant pas, suite aux guerres éclair de 1967 et 1973. Les chars marqués de l'Etoile de David et les balles réelles répondaient sans pitié aux pierres lancées par les enfants de leur voisin palestinien. Ils érigèrent sans scrupules une ligne de honte, une cloison bétonnée et hermétique de plusieurs mètres de hauteur entre les deux populations, en invoquant des raisons identiques à celles énoncées par le gouvernement de la défunte République Démocratique Allemande en 1961, au moment de l'édification du Mur de Berlin. En outre ils poursuivirent une politique d'expansion sournoise mais continue, en installant des colonies de peuplement juives en Palestine. Une sorte de purification ethnique et religieuse, réalisée en douceur, contrairement à celle pratiquée en ex-Yougoslavie au milieu des années '90.

Jaycee sentit soudain sur sa peau un souffle tiède, lequel semblait provenir de l'entrée de la grotte, pourtant assez éloignée. Un courant tout d'abord ténu, puis de plus en plus affirmé. Les voûtes et les stalactites se parèrent crescendo de teintes irisées, à la manière d'un arc-en-ciel, mais dont le spectre lumineux comportait des milliers de couleurs, qui ondoyaient sans cesse.

Dieu apparut alors. D'un geste large il commanda à la lumière et la grotte retourna progressivement à son état initial, composé d'une obscurité troublée uniquement par la aible lueur de la lampe.

– Père…, articula péniblement Jaycee, la bouche sèche.

Décidément il ne parviendrait jamais à s'habituer aux entrées inopinées et un brin théâtrales de son paternel. Il avala une grosse lampée d'eau de la source.

– Eh oui, c'est bien moi ! dit Dieu, l'œil rigolard. Je suis venu voir si tout allait bien pour toi et aussi pour procéder à un petit débriefing. Depuis ton escapade aux Etats-Unis bien des événements ont eu lieu et je tenais à te les communiquer.

Et Dieu énuméra un à un les châtiments dont il avait gratifié cette portion de la Terre un peu auparavant. Le ton de sa voix ne présentait aucune émotion particulière. En bon chef d'entreprise il présentait les faits froidement et avec précision.

– Des millions de morts…, répétait comme une litanie l'horrifié, d'un air hébété. Pourquoi ? Mais pourquoi ? Et pourquoi… maintenant ?

– Parce que le moment est venu, tout simplement. Et ma volonté sera accomplie.

– D'accord… Mais les enfants ? Et les animaux ? Ne sont-ils pas innocents ?

– Les enfants portent en eux les germes du mal, mais il y aura des survivants, je te le promets, J'espère qu'ils auront compris la leçon et qu'ils agiront à l'avenir avec bonté et discernement. Quant aux animaux qui auront survécu, leur existence sera désormais plus paisible, plus digne et plus naturelle. Rappelle-toi, bien avant ta naissance, avec Noé, j'avais déjà préservé le règne animal. Je suis rôdé, en quelque sorte.

– Que ta volonté soit faite, se résigna Jésus en baissant la tête. Je suppose que ton grand nettoyage n'est pas terminé, hein ? Et je présume que les observations que tu m'as demandé de t'envoyer ne constituent que la genèse de tout cela.

– Je ne peux rien te cacher. Ma colère va s'abattre maintenant sur la région où nous nous trouvons actuellement. Je vais donc te faire quitter cet endroit cette nuit-même. Quant à tes observations, comme tu dis, tu devras continuer à les fournir jusqu'à nouvel ordre de ma part. Je sais que tu es un bon type, pétri d'amour et de compassion envers ton prochain, mais cette fois tu devras toi aussi te montrer impitoyable, la réussite de mon plan est à ce prix. Suis-je clair ? tonna la voix souveraine, amplifiée par les arches de calcaire.

– Je le ferai, père, je crois en toi.

– Ah, j'allais oublier ! Tu te souviens de ton fameux truc de changer l'eau en vin ?

– Oui, vaguement, pourquoi ?

– Oh, pour rien, je m'en suis juste un peu inspiré il y a quelques heures. C'est très rigolo !

Dieu fit exprès d'ignorer l'étonnement croissant qui peu à peu étreignait Jésus. Il le serra contre lui et l'embrassa sur le front. Jaycee ferma les yeux alors que le souffle tiède emplissait à nouveau la caverne. Quand il les rouvrit, Dieu avait disparu et le randonneur se sentit de nouveau emporté par une force invincible, vers une destination inconnue. Il commençait à en avoir l'habitude, de ces migrations forcées. Il se laissa emporter avec confiance et sérénité vers l'inconnu.

De retour devant ses écrans Dieu examina longuement la liste des diverses calamités à sa disposition. Il en choisit quelques-unes et entra les paramètres correspondants dans l'ordinateur.

Un instant plus tard, sur Terre, certains pays bien ciblés du Sud de la Méditerranée et de la Péninsule arabique furent le théâtre de phénomènes nocturnes encore inédits, de par leur intensité et leur simultanéité. Tout d'abord la température augmenta progressivement, mais de manière rapide, jusqu'à atteindre, voire dépasser les 60 degrés centigrade. Les populations se ruèrent tout naturellement sur les réserves en eau potable, mais hélas, douze mille fois hélas, seuls de l'alcool ou du pétrole étaient disponibles pour étancher leur soif. Un peu plus tard dans la même nuit de puissants vents de sable se levèrent et vinrent étouffer et ensevelir les villes et agglomérations, même celles éloignées des déserts. Le châtiment ne dura que trois jours mais occasionna là aussi un grand nombre de victimes.

Afin de parachever son œuvre le Père éternel, toujours assis face à l'écran affichant la carte géographique comprenant le Maghreb, le Proche et le Moyen-Orient, golfe Persique inclus, sélectionna sur son clavier spécial une touche bien particulière et inscrivit à la suite de l'invite de commande ***D :*** \ qui clignotait devant ses yeux, quelques lignes d'un texte parfaitement hermétique, même pour les programmeurs les plus chevronnés.

Deux heures plus tard, au sein des usines d'armement, des arsenaux, des entrepôts et des caches d'armes de tous les pays de la zone en question on enregistra un phénomène inouï, parfaitement inexplicable pour des esprits cartésiens : les munitions, de la simple balle de petit calibre, jusqu'au plus élaboré des missiles de croisière, avaient été la cible d'une mutation anormale. Au fil des minutes on découvrait avec stupéfaction que le métal qui les composait s'était déformé et vrillé, comme si un étau géant l'avait écrasé entre ses mâchoires, puis entortillé, telle une vulgaire serviette que l'on vient d'essorer. Les composants électroniques qui foisonnaient dans les plus sophistiqués de ces engins de destruction et de mort avaient quant à eux irrémédiablement fondu en une bouillie informe.

Les savants se perdirent longtemps en conjectures mais aucune explication rationnelle et définitive ne put être formulée avec exactitude. Quelques petites voix s'élevèrent néanmoins dans le tumulte général pour suggérer que tout ce qui venait de se produire était peut-être le fruit d'une intervention du Grand architecte, un message d'avertissement en quelque sorte. Les ultra-croyants des deux camps réagirent comme à l'accoutumée face à ce genre d'hypothèse : on traita ces lanceurs d'alertes de doux illuminés et on les pria fermement de boucler leur grande gueule sous peine d'une répression féroce…

Illuminés ou pas, Israël et ses voisins ne se feraient désormais plus la guerre, du moins pour un temps. On n'entendrait plus les messages de haine et d'appel au meurtre vomis par les fanatiques de tous bords qui sévissaient dans ce coin du globe. Ils n'avaient pas voulu appliquer les règles du jeu instituées par lui et Dieu, en arbitre sévère mais espiègle avait décidé de l'issue ultime du derby local. Cette finale se terminerait pour l'ensemble des protagonistes sur un match nul, suite à la crevaison fortuite du ballon durant la rencontre.

Que se passa-t-il pendant les quelques jours qui suivirent le rappel à l'ordre et la mise au pas des turbulentes populations du Proche et Moyen Orient ? A vrai dire pas grand-chose. Dieu avait regagné ses pénates et rappelé son fils auprès de lui. Le déprimé absorbait à présent journellement le double de la dose prescrite de sa drogue tranquillisante et il se sentait envahi par une sorte de "zénitude", proche du je-m'en-foutisme. Jaycee bricolait de temps à autre son deux-roues, montant, démontant, modifiant le moteur de la Triumph pour en améliorer les performances.

Durant cette période de vacances Dieu demanda même à être initié à la conduite de l'engin, désir que son moniteur s'empressa de satisfaire. A chaque fois que le paternel enfourchait la moto Jaycee détournait la face, car le fait de voir un assez vieux monsieur en chasuble, la barbe et la chevelure flottant au vent sous la couronne hémisphérique du casque modèle 1950, composé d'une calotte de métal argenté et de cuir bouilli que Dieu avait exigé de porter, provoquait chez le jeunot, un brin persifleur, d'incoercibles fous-rires.

Un autre jour, le père et son adjoint s'intéressèrent à la trajectoire d'une sonde spatiale lancée par la NASA quelques années auparavant. Une sorte de boîte carrée, munie d'antennes et propulsée par la seule énergie de ses panneaux solaires. Un truc moche, vieillot, inesthétique, à la technologie très rudimentaire aux yeux de Dieu, mais considéré par les savants de la Terre comme le nec plus ultra, le top du top de la réussite aéronautique. Sans mot dire le Boss et son comparse suivirent un moment du regard l'engin qui s'éloignait dans l'immensité du vide spatial, puis ils échangèrent un regard malicieux et complice. La sonde alors alla immédiatement s'écraser en se disloquant sur un astéroïde qui passait par là, comme par hasard, à la grande satisfaction des auteurs de cette farce cosmique. Ravissement partagé quasiment au même moment ici-bas par des opérateurs et techniciens russes du cosmodrome de Baïkonour, hilares et déjà à moitié imbibés de vodka, devant leurs écrans de contrôle, malgré l'heure matinale. « Dommage que les Américains ne soient plus là pour constater l'échec de leur tentative », pensèrent certains esprits rancuniers et tendancieux.

# Chapitre 4

Pendant ce temps-là, à l'abri derrière les hautes murailles rouges du Kremlin, la crème des militaires étudiait avec attention le nouveau plan visant à l'invasion de l'Europe de l'Ouest. Le chef d'état-major, Valeri Guerassimov, flanqué de ses sous-fifres, traçait des lignes et des flèches de couleur sur une carte fraîchement actualisée sur laquelle on pouvait discerner distinctement les bases de lancement de missiles, le numéro des divisions motorisées ou non, en charge des premières opérations d'attaque, ainsi que les mouvements d'encerclement projetés.

Sur le papier figurait aussi un maximum d'informations relatives aux troupes ennemies, grâce aux renseignements glanés par les différents agents travaillant pour le compte des services de renseignement russes. Les participants arboraient un large sourire, tant l'initiative prévue d'ici quelques jours semblait facile et réalisable. Une vraie balade de santé malgré un minimum prévisible de quelques centaines de milliers de morts, blessés ou disparus. Mais bon, on a rarement vu une guerre sans victimes. Et le conflit règlerait pour un moment le problème du chômage domestique. En y réfléchissant bien cela permettrait aussi, sans aucun doute, de procéder dans la foulée à une petite purge salutaire, calquée sur les méthodes soviétiques ou nazies, qui avaient largement fait leurs preuves. Celles et ceux qui n'adhéraient pas encore pleinement à la politique actuelle du gouvernement en place se verraient offrir une généreuse excursion à destination des goulags et un séjour à durée indéterminée dans ces merveilleux lieux de villégiature. Ce faisant on pourrait faire réaliser de grands travaux d'intérêt général pour un coût de main d'œuvre nul. Décidément Joseph Vissarionovitch Djougachvili, plus connu sous le nom de Staline, s'était révélé être un grand homme doublé d'un visionnaire, certes perçu comme un tyran sanguinaire par certains de ses détracteurs, mais ayant obtenu en fin de compte des résultats probants en matière de soumission des pays et des peuples, en Europe de l'Est par exemple. C'était le bon temps ! Le temps d'avant ces enfoirés de "réformateurs" qui, à l'orée des années 1990 avaient bradé l'URSS et détruit son empire. Mais tout cela allait bientôt revoir le jour. Les ex-Etats de l'Union soviétique et ses pays satellites allaient sous peu se mordre les doigts d'avoir eu le front de faire sécession. On réintégrerait dans le giron de la Rodina (la Mère-Patrie) les brebis égarées, soit une quinzaine d'états, pays baltes inclus. Le blé ukrainien devenu gratuit servirait à alimenter des estomacs russes en priorité, quitte à laisser crever de famine ces chiens de traîtres ingrats et arrogants. Quant à la Pologne, La Tchéquie, la Slovaquie, la Hongrie, la Bulgarie, la Roumanie et les autres micro-états de la zone, on pourrait de nouveau les traire, telles des vaches laitières soumises, comme à la belle époque. L'OTAN, privée du soutien massif des USA n'étant plus qu'une sorte d'armée d'opérette, la conquête du reste de l'Europe serait prestement acquise. A nous la bière allemande et autrichienne, le pinard français, le fric planqué en Suisse et au Liechtenstein, les fruits et légumes d'Espagne et d'Italie, la morue portugaise, l'humour belge, les bicyclettes néerlandaises, les meubles suédois IKEA, les gisements de fer scandinaves, les bouleaux et lacs de Finlande et l'usine LEGO au Danemark. Et en guise de cerise sur le gâteau on irait en Rolls Royce tirer la langue à Elisabeth II, tout en déboulonnant le reliquat de son royaume. Quand tout serait terminé on fêterait la victoire finale en ingurgitant force whisky au château de Buckingham, on chanterait "*Kalinka*" de nos belles voix de baryton-basse, à s'en faire péter les cordes vocales, tout en gardant néanmoins un reste de jugement, c'est-à-dire en évitant soigneusement de faire appel à des chefs de cuisine britanniques.

L'énumération de cette liste de vœux provoqua chez les militaires présents une sorte d'orgasme intellectuel. L'expression extatique qui irradiait leurs trognes à ce moment précis faisait un peu penser à la scène du film « *Le Dictateur* », celle dans laquelle Adénoïde Hynkel, incarné par le génial et prémonitoire Charlie Chaplin, jongle avec un globe terrestre, les yeux fermés, en semi-pâmoison, se projetant déjà en maître du Monde et le possédant pour les mille ans à venir, à l'instar de celui qui avait servi de modèle, un certain Adolf H., Führer de son état, petit brun agité à moustache, paranoïaque, barbare et obsédé par le pouvoir absolu, dont le grand Reich millénaire ne dura en fait que… douze ans.

Une dépêche urgente et codée en provenance d'Athènes parvint à l'état-major russe au milieu de la conférence. La nouvelle relatant les faits incroyables survenus au Moyen-Orient et aux alentours ne les affligea pas outre mesure. Les gouvernants russes, quasiment tous nourris au lait du communisme ne croyaient pas aux phénomènes paranormaux.

Par contre la suite de son contenu eut pour effet de tempérer, voire refroidir momentanément l'euphorie ambiante : les puits de pétrole des pays du Golfe ne produisaient plus rien hormis des alluvions fangeux, ce qui ne manquerait pas de poser un problème de logistique lorsqu'il s'agirait de ravitailler les tanks et les avions dans leur avancée vers l'Atlantique. En dépit de ce fâcheux contretemps les maréchaux et les autres hauts-gradés, après un long débat filandreux et animé, se rallièrent *in fine* à une approche confiante et optimiste du problème, prenant en considération d'une part les réserves actuelles de carburant à disposition des corps d'armée et d'autre part le fait que l'on modifierait légèrement les plans offensifs initiaux en menant une attaque rapide et prioritaire contre l'Ecosse et ses plateformes pétrolières de la Mer du Nord. Après avoir énoncé ce scénario parfait et inattaquable, Valeri Guerassimov et ses sbires s'imaginaient déjà couverts de médailles, encensés par une populace aveugle et sourde, glorifiés dans les manuels scolaires et pourquoi pas statufiés pour l'éternité dans un bronze inaltérable. Un des membres de l'assemblée, dont les ambitions étaient plus poussées que les autres se voyait même déjà succéder à Sa Majesté Vladimir 1er.

Deux spectateurs lointains mais attentifs suivaient avec un intérêt croissant le déroulement de la réunion et les conclusions émises par les membres de l'armée russe, à leur insu bien entendu. Dieu et son élève, confortablement calés dans des fauteuils en cuir fin au design très contemporain *made in Italy* regardaient et écoutaient avec une frayeur croissante ce qui se tramait dans la salle des opérations militaires du Kremlin. Un des avantages d'occuper la fonction d'Etre suprême est de disposer du pouvoir de traverser n'importe quelle surface, même protégée par plusieurs mètres de béton armé et si profondément enfouie sous la surface soit-elle.

– J'en sais assez, décréta Dieu en quittant abruptement son siège. La sanction va tomber incessamment. Mais cette fois-ci tu vas demeurer auprès de moi, Jaycee. Je ne voudrais pas qu'il t'arrive quelque chose.

– Tu vas encore tout détruire, père ? s'enquit Jésus, d'une voix blanche.

– Non, rassure-toi. Je vais tenir compte de tes sages remarques et procéder à un tri. Seuls les plus belliqueux seront anéantis. D'ailleurs j'ai déjà expérimenté cette méthode envers nos amis arabes et israéliens dernièrement.

– Merci, répondit simplement Jésus, les yeux embués par des larmes de reconnaissance.

– Viens ! Nous allons dîner et après le dessert nous nous occuperons de ces gens.

Ainsi fut fait. Le repas englouti et après avoir dégusté un délicieux ristretto 100 % arabica en capsules, produit par une grande marque suisse, dont les publicités inondaient périodiquement les chaînes de télévision du monde, le Créateur et son rejeton rejoignirent une nouvelle fois la salle des écrans. Jaycee, perdu dans une de ses fréquentes rêveries, se remémorait l'une de ces réclames, dans laquelle la star adulée George Clooney recevait sur la tête un piano à queue malencontreusement tombé d'un immeuble et décédait des suites de cet accident. Même totalement mort, le beau gosse, à peine décoiffé et sans un pli à son costume, gravissait ensuite une interminable rampe d'escalier qui grimpait vers le ciel. Parvenu en haut des marches il rencontrait Dieu, incarné par un John Malkovich qui ressemblait foutrement à l'original, barbe, cheveux et caractère irascible en moins. Le spot se concluait par une dégustation de ce café idéal, sur un nuage qui ne l'était pas moins.

– Hé ! Tu m'écoutes ?

– Hein, quoi ?

– Je dis tu m'écoutes ? répéta la voix, plus proche cette fois-ci.

– Pardon papa, j'étais distrait. Tu disais ?

– Je te disais de bien examiner ce clavier ! J'espère ne pas avoir à répéter chaque chose deux fois !

– Non, non, c'est bon, je suis avec toi. Vas-y, explique !

– Comme tu peux le constater ce clavier ne comporte que des touches représentant des pictogrammes simples : une goutte d'eau, un flocon de neige, un soleil, etc.

– Oui, c'est simple à comprendre. Et alors ?

– Alors ? Je vais te montrer à quoi il sert… Affiche la carte de la Russie sur le grand écran étiqueté « B 4 ».

Jaycee s'exécuta et en une fraction de seconde le plan requis s'étala devant leurs yeux.

– A présent, sers-toi de cette tablette graphique et avec le stylet trace des cercles autour des zones hachurées sur la carte. Attention, sois très précis, c'est important.

La directive fut appliquée à la lettre par l'apprenti. Après un assez long moment, toutes les zones prédéterminées furent soigneusement entourées d'une fine ligne jaune.

– Parfait ! A présent appuie sur la touche où se trouve le flocon de neige.

Jaycee fit ce qui lui était demandé.
– Et ensuite, je fais quoi ?
– Plus rien ! C'est suffisant. On peut aller faire un peu de moto, j'ai envie de me distraire.

Le jeunot se sentait décontenancé et un peu stupide face au manque d'éloquence de son père, car il s'attendait à de plus amples éclaircissements par rapport aux manipulations qu'il venait d'effectuer, mais il eut la bienséance de ne plus poser de questions. Dieu, quant à lui, avait déjà ajusté son casque suranné et démarré en trombe dans un nuage de poussière blanche. Ainsi accoutré il ressemblait à une figurine de Playmobil.

Quelques jours plus tard, en de nombreux points très précis de l'immense territoire de la Russie éternelle, des météorologues remarquèrent une lente mais continue dégradation du climat. En temps normal à cette époque de l'année, la température moyenne se situait aux environs de 15 degrés centigrades. Or, le mercure indiquait en ce moment une valeur proche de zéro. On ne prêta au phénomène qu'une attention polie, mais lorsque deux heures plus tard un nouveau relevé présenta une valeur de moins dix degrés on commença à se poser des questions.

Les données météorologiques sont à des degrés divers utiles à pratiquement chaque personne sur Terre, quelle que soit son activité. Elles sont carrément devenues indispensables aux agriculteurs, aux marins, aux pilotes des lignes d'aviation commerciales et bien entendu… aux forces armées, particulièrement lors de la préparation d'une agression.

Chaque heure qui s'écoulait voyait à présent la température chuter de dix degrés. Ensuite les soixante minutes passèrent brusquement à trente. On mesurait en ce moment dans toutes les zones impliquées moins quarante degrés Celsius. Au Kremlin, où l'information avait été bien évidemment transmise et reçue, un vent de panique se répandit parmi les instigateurs de l'offensive-éclair. Si la situation se mettait à empirer davantage les avions de combat demeureraient cloués sur place, étant donné que le meilleur kérosène atteint son point de congélation à moins cinquante-huit degrés et sans le soutien des chasseurs et des bombardiers aucune action terrestre ne saurait être envisagée, sauf pour un esprit suicidaire. Heureusement le carburant utilisé pour les blindés et les camions ne serait pas affecté, mais avouez tout de même que de mener une guerre sans aviation, ça fait un peu "amateur".

Dieu venait de rentrer de sa promenade à motocyclette. Il se rendit directement au *Paradise Lounge Bar*, un espace de détente ouaté, au décor post-moderne, qu'il avait récemment fait rénover. Les sièges enveloppants en forme d'œuf y étaient accueillants et hyper cosy. Il était certain d'y trouver son flemmard de môme, grand amateur de cocktails sans alcool et de revues traitant de sport motocycliste. A peine à l'intérieur il constata avec fierté la justesse de son intuition. Jaycee, lové dans un des fauteuils, devant une table basse mélaminée, aspirait avec volupté et au moyen de deux pailles roses un breuvage étrange et irisé. Du sommet du verre dépassait un petit parapluie japonais en papier et carton, agrémenté d'un bâtonnet mélangeur en plastique translucide assez moche, censé représenter une girafe, allez savoir pourquoi.

Le Boss d'Eden s'assit à son tour et commanda à l'angelot sommelier de service une bouteille de vieux Bordeaux. Excellent choix mais peu compatible avec les antidépresseurs qu'il continuait à ingurgiter comme des bonbons.

C'est alors qu'un intrus troubla la quiétude de l'amateur de grands crus classés et du hippie attardé friand de boissons sucrées : Gabriel avait fait irruption sans y être invité dans le bar. Il tremblait d'indignation.

– Ah, vous êtes là patron, je vous cherchais partout !

– Ouais, quoi ? ânonna Dieu, déjà un peu pompette.

– C'est rapport à votre mère, madame Marie, précisa l'archange en chef, en s'adressant au numéro deux de la hiérarchie céleste.

– Pffff, c'est quoi encore, le problème ? grogna Jaycee visiblement agacé, sans toutefois lever les yeux de la page centrale du dernier numéro de *Moto Magazine*.

– Ben, y'a votre Triumph... euh... machin... euh... Bonneville qui est mal garée et qui bloque l'entrée du parking, alors votre mère ne peut pas y accéder.

– Aaah, celle-là, j'te jure... bougonna Dieu, de plus en plus éméché. Mais pourquoi je l'ai encouragée à apprendre à conduire ? Même pas fichue de connaître les dimensions de sa bagnole ! Elle est avec ses copines, je suppose ?

– Oui, confirma Gabriel. Il y a Marie-Madeleine et Véronique. Elles reviennent d'une séance de shopping. Ce sont les soldes, alors vous imaginez ?

– Eh ben, que celle des deux autres qui sait le mieux piloter et qui a un meilleur compas dans l'œil prenne le volant ! suggéra le Boss d'une voix pâteuse.

– C'est bien ce que je leur ai proposé ! fit Gabriel en

haussant le ton. Mais il semble qu'elles aient toutes les trois un peu picolé entre deux achats. Alors personne ne veut se risquer à amocher la carrosserie. Dame, c'est tout de même une Cadillac Eldorado 1975, une vraie pièce de collection.

– C'est... c'est pas bien de boire, su... heurg... surtout au volant, jugea Dieu, d'un ton sévère, en proie à un début de nausée.

Plaçant une de ses mains devant son nez et sa bouche, il exhala une sorte de borborygme puis éclata d'un rire incongru que personne dans la pièce ne daigna partager. Le mélange détonant médicament et vin rouge avait fini par produire ses effets. Il s'arracha péniblement de son siège et sortit en titubant du bar, drapé dans sa dignité. « Demandez à Saint Christophe de les aider ! », beugla-t-il, d'un air gouailleur, en quittant l'établissement. Quant à Jésus il termina son cocktail et se replongea dans la lecture de sa revue, sans se soucier de qui se porterait volontaire pour déplacer sa bécane.

Sur Terre, les bellicistes russes transpiraient à grosses gouttes malgré la température qui frôlait à présent les moins 70 degrés sur leurs sites stratégiques et qui continuait à descendre de manière un peu plus lente, mais avec toujours autant de constance. Ils se demandaient si ce phénomène climatique inexplicable n'avait pas été commandité par les Etats-Unis, juste avant leur destruction. Une ultime manœuvre, une sorte de cadeau d'adieu consistant à b... la Russie, rien que pour avoir le dernier mot.

Au Paradis, Dieu avait repris du poil de la bête après sa cuite de la veille. De retour devant les consoles il ingérait avec une mine dégoûtée et à toutes petites gorgées une boisson blanchâtre et effervescente. Une ou deux éructations plus tard il se sentit mieux. La carte de la Russie réapparut sur l'écran B4 et il pressa sur la touche gravée du pictogramme représentant un éclair, puis sur celle figurant une flamme. Dans la salle abritant les militaires russes plusieurs sonneries de téléphone retentirent, accompagnées simultanément du crépitement de nombreux fax.

– Les nouvelles en provenance de nos aérodromes sont catastrophiques, camarades, déclara d'une voix éteinte le général Vichnaïev, commandant en chef de l'armée de l'air.

Et pendant une bonne heure il résuma à l'assistance médusée la dernière moisson de renseignements.

– Plus aucun avion n'est en état de fonctionner, tout est givré. De plus, on signale que les centrales électriques spécifiquement dédiées à nos installations ont cessé de fournir du courant et que les câbles à haute tension reliant les diverses centrales aux bases ont rompu sous l'effet du froid intense. Dès que le courant présentement dispensé par les petits groupes électrogènes s'interrompra il nous sera impossible ne serait-ce que de communiquer avec nos interlocuteurs. En clair, messieurs, l'opération est irréalisable pour l'instant.

– Ne pourrait-on pas utiliser nos missiles balistiques à tête nucléaire ? se hasarda à suggérer Yaroslav Petrov.

– Impossible, camarade, martela Vichnaïev d'un ton excluant d'office tout débat. Le carburant Propergol que nous utilisons pour les fusées est certes stable jusqu'à près de moins 210 degrés mais le vrai problème n'est pas de cette nature. Nous n'avons pas l'intention et ce en accord avec notre président d'avoir recours à ce type d'armement. Trop grand est le risque de provoquer soit une frappe préventive soit une riposte désespérée de nos adversaires, ce qui signifierait pour nous l'anéantissement de tous nos acquis et un retour instantané au dénuement le plus total. Pas besoin, je présume de vous faire un dessin !

A peine avait-il prononcé ces mots qu'une nouvelle sonnerie creva le silence. Guerassimov, en sa qualité de chef, décrocha le combiné de l'appareil antédiluvien qu'on osait encore appeler un téléphone, déclina sèchement son identité et écouta la voix qui lui parlait à l'autre bout de la ligne. Face à lui les hommes en uniforme qui essayaient sans toutefois l'entendre de comprendre le message ou d'en interpréter le sens en observant les traits de leur supérieur virent son visage blêmir puis passer au gris. A coup sûr les nouvelles n'étaient pas optimistes.

– La plupart de nos blindés sont inutilisables, moteurs explosés par le gel et tous nos silos à missiles ainsi que nos fusées sont en train de se consumer, annonça sur un ton d'oraison funèbre le généralissime. Ses épaules semblèrent s'affaisser alors qu'au bout de son bras gauche pendait, lamentable et muet, un combiné téléphonique beige qui paraissait encore plus obsolète et dérisoire que jamais.

Un peu plus tard, devant l'ampleur des dégâts qui se chiffraient au bas mot à plusieurs centaines de milliards de roubles, une directive signée par le président Vladimir 1er ordonnait l'abandon pur et simple du plan d'invasion. L'absolue priorité pour le gouvernement s'orienterait désormais vers la reconstruction de l'arsenal de dissuasion, laquelle s'avérerait longue et coûteuse, tout en assurant des conditions d'existence acceptables pour la population civile. Face à cette nouvelle donne, nul parmi les dirigeants en place n'aurait pris le risque de partir en guerre. Le peuple russe est par nature souvent apathique, mais l'histoire du

XXème siècle avait démontré qu'il était parfois apte à se révolter, s'il n'avait plus rien à perdre et pour autant qu'un leader charismatique le stimule un peu. Et comme Vladimir 1er et ses séides ne possédaient pas que des amis, même à la maison, il serait préférable de faire profil bas et de coller aux aspirations réelles et justifiées du peuple. Dans le cas d'une action jugée inadaptée aux circonstances par une plèbe affamée et sans ressources le risque de se retrouver un beau jour devant un peloton d'exécution, avec pour co-accusés quelques militaires de haut rang pourrait fort bien se concrétiser.

Les Russes étant depuis longtemps passés maîtres dans l'art de la désinformation et de la censure le monde ne connut jamais l'intégralité des faits survenus en Russie, ni à quel point la guerre et son lot d'atrocités avaient été proches. Au fil des semaines à venir on remarquerait tout au plus un net radoucissement du ton habituellement autoritaire et arrogant utilisé par Vladimir 1er envers ses interlocuteurs européens, lors des conférences internationales.

Jaycee ressentait de la fierté et de la reconnaissance envers Dieu, lequel avait cette fois-ci, selon sa promesse, épargné les innocents tout en mettant une bonne claque avec un résultat qu'on souhaitait durable aux réels fauteurs de trouble. Il se demandait néanmoins pourquoi son père n'avait pas jugé utile de procéder de la même façon avec les USA. La réponse que Dieu avait formulée lors de leur récente algarade verbale sur le sujet lui paraissait à présent mensongère ou incomplète. Il décida donc de revenir à la charge et lui posa de nouveau la question de façon un peu abrupte, mais franche, édulcorée par une touche de candeur. Tout à fait dans le style Jaycee.

– OK, Sherlock Holmes, tu as gagné ! En fait j'ai commis une erreur…

– Comment ça une erreur ? Toi, mon père, Dieu, tu commets des erreurs ? s'égosillait Jésus, abasourdi.

– Personne n'est parfait, reconnut Dieu qui avait dû visionner en son temps la scène finale du film « *Certains l'aiment chaud* ». Eh bien oui, je me suis trompé. Un truc tout bête : j'avais dessiné…

– ♫Sur le sable, son doux visage♫, chantonna brusquement et sans raison particulière l'impertinent Jaycee.

– Quoi ?

– Non, rien, excuse-moi, je pensais à autre chose. Continue !

– Je disais donc : j'avais dessiné les cercles habituels autour des zones à traiter, en suivant scrupuleusement les instructions du manuel et puis j'ai fait une fausse manip' et appuyé par erreur sur une autre touche, ce qui a eu pour conséquence d'annuler la précédente commande. Je venais de commencer à déguster une bouteille de Chassagne-Montrachet premier cru 1947 et j'avoue ne pas m'être suffisamment concentré sur mon boulot.

– Quelle touche ? s'enquit le galopin avec un regard rempli d'effroi.

– Je crois que c'est "DEL" ou quelque chose dans ce genre.

– Oh nom de Dieu ! hurla Jésus épouvanté, en se frappant les tempes de la paume de ses mains. Tu sais ce que veut dire "DEL" sur un clavier d'ordinateur ?

– Rappelle-le-moi je te prie, j'ai un petit trou de mémoire…

– Cela veut dire "SUPPRIMER" !!!

– Ah vraiment ? Eh bien je suis positivement désolé, conclut Dieu avec un flegme tout britannique. Je tâcherai de m'en souvenir la prochaine fois.

Depuis l'annihilation partielle des Etats-Unis et après une courte période de trouble, les banques et les institutions financières de Londres reprenaient peu à peu du poil de la bête. Le champ du possible des professionnels de l'argent paraissait pouvoir s'élargir quasiment à l'infini.

Wall Street ayant été rayé de la carte et le Brexit consommé, la fière Albion se sentait tout à fait apte à lui succéder pour se retrouver en situation de monopole. Après tout les Britanniques et les Américains n'étaient-ils pas un peu cousins ? Aucune raison donc de se révéler inférieurs à ces arrogants braillards new-yorkais mal fagotés, nourris dès le biberon aux hamburgers et aux hot-dogs et qui avaient prétendu trop longtemps détenir la science infuse en matière de gestion de patrimoine. La City londonienne et ses abeilles industrieuses s'imaginaient déjà auréolées d'un arc-en-ciel de gloire, couronnées par des bénéfices indécents et des bonus vertigineux, même si ces profits devaient parfois se réaliser au détriment des classes inférieures. Mais qu'importe si une frange de nantis s'enrichissait toujours davantage, à l'inverse des masses laborieuses, pourtant majoritaires. Les castes et les élites avaient toujours existé, sur l'ensemble de la planète, même dans les pays à régime prétendument "communiste" et perdureraient sans doute pour l'éternité, vu la nature égocentrique de l'humain. La boutade « *le capitalisme c'est l'exploitation de l'homme par l'homme et le communisme c'est exactement le contraire* » rencontrait encore malgré son ancienneté un franc succès, surtout chez les bourgeois nantis.

Sur le plan de la politique intérieure et quasi simultanément on mettrait au pas les indépendantistes écossais, ces rustres porteurs de jupettes ridicules, lesquels caressaient depuis trop longtemps des rêves d'indépendance. On leur conseillerait de ne pas quitter le foyer, mais pas dans un esprit de fraternité, bien entendu… Le pétrole d'Ecosse était une raison suffisante pour les persuader par tous les moyens, même les plus vils, de ne pas trop chercher à s'éloigner du giron anglais.

Pendant ce temps-là, au Paradis, se levait un vent de colère et d'indignation.

Au retour d'une randonnée à moto, alors qu'ils circulaient dans l'avenue principale d'Eden, le père et le fils remarquèrent devant eux une foule nombreuse et compacte, regroupée en un cortège qui les contraignit à mettre vivement pied à terre. L'immense nuée qui s'avançait d'un air mécontent dans leur direction en brandissant des banderoles semblait ne pas avoir de fin. Le trafic motorisé quant à lui était complètement paralysé et les anges chargés du maintien de l'ordre public se trouvaient dépassés par les événements. Ils avaient beau jouer du sifflet et de la matraque, rien n'y faisait. Le Paradis ce jour-là ressemblait au Boulevard St-Michel, à Paris, en mai 1968 et non au havre de paix qu'il était censé être.

Dieu n'était pas trouillard de nature mais l'idée qu'un

manifestant, emporté par un mouvement d'humeur, s'en prenne à lui et en vienne à souiller avec ses mains sales sa belle chasuble fraîchement lavée et repassée, lui était insupportable. Il esquissa donc un geste vif et circulaire de sa main droite. Tous deux devinrent instantanément invisibles.

– Qu'est-ce que c'est que ce boxon ? demanda Dieu à Jaycee qui se trouvait près de lui.

– On dirait une manif'... Attends, je vais essayer de lire les textes peints sur les banderoles. Ça y est, je les vois ! Il y a deux inscriptions différentes : l'une dit : « HALTE A L'IMMIGRATION DE MASSE ! », l'autre proclame : « TROP, C'EST TROP ! RESPECTEZ LES TRAVAILLEURS ET LES ACQUIS SOCIAUX », plus une dont le texte est trop petit... Ah non, c'est bon, j'arrive à la déchiffrer aussi !

Et il se mit à rire.

– Tu trouves ça drôle, cette chienlit ? s'emporta Dieu en avalant nerveusement deux cachets de son anxiolytique favori.

– Non, pas du tout, rien à voir. C'est la pancarte du bonhomme qui me fait rire. Il a écrit : « Cherche appartement loyer modéré, quartier tranquille ».

– Encore un opportuniste... Je ne savais pas qu'on souffrait d'une pénurie de logements ici. Le territoire est suffisamment vaste pourtant. Bon, il est inutile de rester ici à les regarder défiler, ça peut vite dégénérer. Viens, on rentre à la maison et on ira aux renseignements. Une manif' au Paradis, on aura tout vu ! Pour un peu on se croirait en France !

Sitôt rentré au bureau, Dieu signifia à son accompagnateur qu'il pouvait disposer. Jésus ne se fit pas prier et partit tout guilleret s'adonner à son hobby pétaradant.

Un pli soucieux barrait le front du Créateur. Il se demandait ce qui pouvait bien motiver la manifestation de ce jour. Décidé à en avoir le cœur net il appuya sur le bouton de l'interphone et demanda qu'on aille quérir le bienheureux Saint Pierre, responsable du département de l'immigration.

Quelques instants plus tard l'assistant d'astreinte – qui se trouvait ce jour-là être une charmante et angélique blonde aux yeux bleus – fit entendre sa voix mélodieuse fichtrement sexy et signala au Big Boss que Pierre était arrivé et attendait dans l'antichambre. Elle ajouta qu'il semblait très remonté. « Accompagnez-le à mon bureau, mon petit, je vous prie », invita le monarque, d'une voix enjôleuse.

On prétend depuis des siècles que les anges sont asexués. Rien n'est plus faux et il était de notoriété publique que le Père éternel ne crachait pas sur les plaisirs de la chair et que les représentantes du beau sexe continuaient à succomber à son charme surnaturel, malgré son âge avancé. L'ange blond pénétra dans la pièce, suivie par une sorte de vieillard édenté à la chevelure très clairsemée, à la barbe grise et à l'air renfrogné.

Dieu, disons-le sans détours, ne s'attarda pas longtemps sur la personnalité sans relief de son disciple. Son regard était plutôt attiré par la démarche féline et un brin provocante de l'assistante. Quand elle parvint près de la table de travail il lui expédia franco de port et sans aucune gêne un clin d'œil appuyé, à connotation salace, auquel la "demoiselle" répondit par une ondulation du corps très évocatrice, annonciatrice de volupté. Puis elle tourna les talons et retourna à ses tâches administratives. Les mains de Dieu, devenues subitement moites, tremblaient légèrement. « Quel chaud lapin, ce boss », pensait Pierre, tout rigide dans son fauteuil et dont le pied droit frappait le sol avec nervosité et impatience, à un rythme frénétique et régulier.

– Alors, vieux frère, comment vas-tu ? Je t'offre un verre ? proposa l'affable chef du Paradis.

– Non, non et NON ! Cela ne peut plus durer ! attaqua Pierre, bille en tête, éludant l'offre de son chef. La situation est devenue ingérable et mes gens en ont ras le bol ! D'ailleurs ils manifestent leur mécontentement dans la rue à l'heure qu'il est !

– Mais de quoi tu parles ?

– Mais des millions et des poussières de morts en provenance des USA !

– Aaah, oui, je vois. Et quel est le problème ?

– Quel est le problème ??! Non mais vous vous moquez de moi, Patron ? Des millions d'âmes qui débarquent au Paradis en même temps, c'est du jamais vu ! Vous avez une idée du boulot que ça génère en formalités et tout le reste ? Et en plus ils ne parlent quasiment tous que l'anglais ! D'accord, je vous concède que plus de la moitié vont aller directement en enfer, c'est tout ça de moins. Encore heureux qu'on ne m'ait pas collé ce dicastère en prime ! Vous savez, Patron, même au plus fort des grandes guerres, purges ou épidémies d'antan, où on réceptionnait quelques petites dizaines de milliers de morts les jours fastes, ce qui n'est pas négligeable, on parvenait néanmoins à respecter les délais et à assurer le service à la clientèle de manière convenable !

– Ah oui je vois, c'est compliqué, confessa Dieu en baissant honteusement la tête. J'admets avoir commis une grosse bourde. Pardonne-moi, Pierre.

– Pardonner ?! C'est facile à dire ! Qui va se taper les

admissions, la paperasse, les questions des petits nouveaux qu'on devra toutes traduire ? Et vous savez bien que parmi nos futurs résidents il y au moins 50 % de coupeurs de cheveux en quatre ! Et cerise sur le gâteau les anglo-saxons dans leur grande majorité sont très pénibles à supporter comme touristes. Exigeants et à peine courtois, demandez à n'importe quel hôtelier ! Non vraiment, Patron, faut faire quelque chose et vite ! Mes employés et cadres menacent de faire grève et je ne vous parle même pas des syndicats ! Aucune souplesse et toujours prompts à semer la zizanie, ces fouteurs de m…

– On va trouver une solution, promit Dieu en se grattant le cuir chevelu, sans avoir la moindre idée de ce qu'il allait entreprendre.

– On compte sur vous, Chef. Je peux transmettre le message à mes troupes et à ces enfoirés de syndicalistes ?

– Tu peux, Pierre, Je vais me débrouiller. Tiens, prends un bonbon, non plutôt deux, ça te fera du bien, dit Dieu en lui refilant une paire de dragées tranquillisantes.

Pierre avala les friandises et quitta la pièce d'une démarche pesante. Depuis quelques jours il haïssait son job. Il fallait vraiment être un saint pour travailler dans ces conditions.

Dieu appuya une nouvelle fois sur le bouton de l'interphone. La pin-up céleste était fidèle au poste et répondit : « je vous écoute, que puis-je faire pour vous ? », d'une inflexion très étudiée, suffisamment grave et rauque pour faire naître dans la moelle épinière du Patron et ailleurs des sensations bizarres.

« Vous êtes libre ce soir ? », s'enquit-il carrément, assuré à l'avance de la réponse de la belle.

Le lendemain matin c'est un Dieu tout guilleret et fringant qui pénétra dans l'ambiance feutrée du *Paradise Lounge Bar*. L'assistante vraiment personnelle s'était révélée une partenaire hors pair, à la technique irréprochable et d'une inventivité sans limites.

Jaycee l'attendait, plongé comme à son habitude dans la lecture du dernier numéro de sa revue favorite, aspirant à petites goulées avec ses pailles un liquide aux teintes de plus en plus douteuses.

– Ça va papounet, bien dormi ?

– J'ai passé une excellente nuit, oui, assura l'assouvi, dont la mémoire déroulait à cet instant précis à la manière d'un film des images pour tout dire assez crues, en même temps qu'un spasme rétrospectif parcourait son corps rassasié.

– Un petit cocktail pour bien démarrer ta journée ?

– Euh, non merci sans façons, fit Dieu avec une grimace, en considérant le breuvage de son mouflet.

– Tu as quelque chose de spécial à discuter avec moi ?

– Oui, un problème… dont je n'entrevois pas la solution. Un vrai casse-tête.

Et Dieu lui narra par le menu sa conversation avec Saint Pierre. Jaycee l'écouta sans broncher et cessa tout à coup de suçoter sa paille.

– Tu peux créer tout ce qu'il te plaît, non ?

– Evidemment ! s'exclama le Grand artiste, avec une moue d'orgueil.

Alors Jésus exposa son scénario. Au départ Dieu paraissait sceptique face à ce canevas, mais au fur et à mesure du raisonnement développé par son descendant ses doutes s'évaporèrent pour faire place à un enthousiasme sans faille.

– Mon petit, c'est une magnifique idée, à laquelle je n'avais pas songé, admit Dieu. Ah ! Tu es bien le digne fils de ton père, viens que je te donne l'accolade. Tu reprendras bien un petit cocktail avec des cacahuètes ? C'est moi qui régale !

# Chapitre 5

Sur la planète bleue les choses ne s'arrangeaient pas, particulièrement au niveau économique. On commençait à ressentir dans pratiquement chaque recoin du globe les effets de la disparition de la bourse de New York, des multinationales américaines, de l'industrie pétrolière arabe et des nombreuses firmes qui en dépendaient, lesquelles jusque-là avaient dominé les marchés, trop souvent de façon monopolistique et autoritaire. Ce fut une sorte de répétition de la déconfiture financière d'octobre 1929 mais dont la vague de répercussions atteignit l'ensemble du monde en un temps record, plongeant par une réaction en chaîne des milliers d'entreprises dans le marasme et la faillite.

La seule nation qui pour l'instant tirait son épingle du jeu était la Chine. Grâce aux entreprises délocalisées implantées sur son territoire et à son immense réservoir de main d'œuvre, ce pays semblait être en mesure d'accéder au rang de premier producteur mondial, dans la plupart des domaines, que les besoins soient civils ou militaires. Et une fois cet objectif atteint, les voix qui périodiquement s'élevaient pour dénoncer la corruption chronique de certains pontes du régime en place, la pollution atmosphérique croissante, le non-respect de certains droits humains fondamentaux et les multiples revendications territoriales aux accents fortement expansionnistes, se tairaient d'elles-mêmes, pour se plier de gré ou de force aux impératifs du monde des affaires, lequel on le sait est étranger à tout sentimentalisme et n'est pas compatible avec certaines vertus.

Hélas pour eux et leur optimisme béat les dirigeants chinois ignoraient que Dieu connaissait parfaitement leurs desseins et que la carte géographique de leur nation deviendrait dans un délai très bref la star du fameux écran B4.

Pendant ce temps-là, que ce soit à la surface de toutes les mers et océans de la planète, ou dans le silence de leurs profondeurs subaquatiques de nombreux bâtiments de guerre US et leur flottilles d'aéronefs continuaient à jouer leur rôle de gendarme du monde, mais le moral à bord allait décroissant.

Depuis la catastrophe, les faisceaux de communication, satellitaires ou terrestres, qui les reliaient aux organes supérieurs de commandement avaient disparu et par conséquent plus aucune instruction, ni aucun ordre ne parvenait aux gradés de tout poil, chargés en temps normal de les exécuter avec calme et discipline. Les divers commandants et capitaines de la Navy et de l'US Air Force durent malgré eux s'accommoder d'un vocable inédit : l'improvisation.

Hormis les navires et submersibles propulsés par l'énergie nucléaire le carburant serait rapidement rationné, voire indisponible. Problème identique au niveau des munitions. On pourrait probablement pallier temporairement ces carences en quémandant l'assistance des pays alliés encore debout, mais il devenait de plus en plus évident que plus rien ne serait comme avant.

Quelque part dans l'immensité de l'océan Pacifique sud, à environ 1000 kilomètres à l'est de la Nouvelle Zélande, le destroyer *USS Zumwalt*, dernier en date des fleurons de la marine américaine, accomplissait en dépit des récents événements une routinière mission de surveillance, selon les consignes immuables reçues de l'amirauté quelques jours auparavant. Le lieutenant John Clancy s'ennuyait ferme à son bord et pour tuer le temps il scrutait depuis un des ponts supérieurs un horizon morne, vide et infini. Interrompant un instant sa contemplation il extirpa d'un air attristé d'une des nombreuses poches de son uniforme une photographie de petit format. Ses pensées se mirent à vagabonder, alors que son regard tout à coup assombri par une émotion trop forte couvait tendrement l'image de la jeune femme figurant sur le cliché et dont il était sans nouvelles.

John, en vrai mâle américain, n'aimait pas se sentir en position de faiblesse ni dévoiler ses états d'âme. Ce fut brusquement comme s'il s'était donné un ordre à lui-même : sa physionomie redevint lisse et hermétique, alors qu'il chassait les deux larmes qui avaient un instant perlé au coin de ses yeux, d'un revers de manche exagérément viril. Il décrocha vivement la paire de jumelles à longue portée suspendue selon le règlement en vigueur à la cloison métallique gris clair, constellée de rivets proéminents, qui cuirassait son poste d'observation.

Alors qu'il effectuait sans conviction et presque machinalement un lent mouvement panoramique sur tribord arrière, à environ 175°, un phénomène étrange le força à ralentir son mouvement puis à le figer complètement. Son instrument d'optique hyper perfectionné lui offrait la possibilité de zoomer tout en conservant une très haute résolution d'image et ce qu'il observait en ce moment à travers les optiques de son appareil lui causa un indicible sentiment de malaise. D'une main mal assurée il saisit le microphone reliant son observatoire à la passerelle, dans laquelle se trouvaient le commandant James Clark et ses subordonnés.

– Passerelle, de vigie 402.

– On vous écoute 402, que se passe-t-il, lieutenant ?

– Un truc bizarre, cap 175, commandant, précisa Clancy, saisi par un incoercible effroi face à cet événement hors du commun. On dirait l'amorce d'un tsunami.

– Impossible, lieutenant ! nos sismographes n'ont rien révélé qui puisse faire penser à une vague géante. Reprenez vos observations et rendez compte dans trois minutes !

– A vos ordres, commandant, je rends compte dans trois minutes, terminé !

Moins d'une minute après avoir conversé avec la passerelle, la voix presque méconnaissable d'un Clancy à la limite de l'hystérie résonna une nouvelle fois dans les haut-parleurs du poste de commandement.

– Commandant, c'est vraiment un tsunami ! Il est gigantesque et nous arrive droit dessus par la poupe ! Il faut nous dérouter en vitesse ou on est foutus !

– Du calme, lieutenant, reprenez-vous, c'est un ordre ! hurla le boss du navire. Ni le sonar, ni le radar, ni aucun autre dispositif de détection n'ont repéré la moindre anomalie, je ne vous le redirai pas une troisième fois ! Foutez le camp vous reposer dans votre cabine, je vous fais remplacer. Exécution !

Clancy obtempéra, la mort dans l'âme. Personne à bord ne l'avait pris au sérieux mais lui, au fond de ses tripes, était certain d'avoir raison. Comme si une voix inconnue avait pris soin de le mettre dans la confidence. Mais il est de notoriété publique que les porteurs de mauvaises nouvelles sont souvent exécutés les premiers…

La vague géante prédite par l'infortuné Clancy frappa le navire quelques minutes plus tard, surgissant exactement de la direction indiquée par le lieutenant. Une heure plus tard il ne subsistait plus rien de l'orgueilleux bâtiment de guerre et de ses occupants. Seule une myriade de débris et de corps inertes flottant ici et là attestaient qu'une intelligence humaine avait fleuri en ce lieu.

Comme dans toute règle… il y eut une exception : John avait pour l'unique fois de sa carrière militaire fait preuve d'insubordination et désobéi à un ordre. Il ne regagna pas son carré logé dans les entrailles du navire et bien lui en prit…

Il flottait désormais en solitaire sur l'étendue bleue, à moitié inconscient, accroché à une dérisoire planche de bois et maintenu à la surface des vagues par son gilet de sauvetage. Clancy ne ressentait même plus l'idée de crever comme quelque chose d'effrayant. Au contraire il se sentait léger, comme le voile d'une brume matinale au-dessus d'un champ. Un jour Melody et lui seraient à nouveau réunis, dans la vie ou dans la mort.

Les flots affichaient un calme désespérant bien que les courants dominants le fissent imperceptiblement dériver vers le sud. Clancy reprit conscience quelques heures après le naufrage, tout étonné d'avoir survécu à la lame meurtrière. Il exécuta un rétablissement athlétique afin d'émerger des flots, puis s'assit dégoulinant sur son radeau improvisé. Un réflexe professionnel lui dicta de fouiller dans les nombreuses poches du gilet de sauvetage.

Les responsables du matériel avaient bien fait les choses : une boussole, un couteau flottant à manche de bois, une lampe-torche à dynamo visible de loin, des fusées éclairantes, une fiole de colorant destiné à indiquer sa position à un hypothétique avion, des rations d'eau potable et d'aliments en sachets plastique, un miroir pliable, une paire de jumelles, un répulsif censé dissuader les squales et une couverture en matière synthétique ultra fine, mais adaptée à tous les climats, constituaient sa précieuse moisson. Son inventaire terminé il remit chacun des objets à leur place, à l'exception de la boussole et des jumelles.

John, à force d'avoir bourlingué dans le Pacifique sud, n'eut aucun mal à déterminer sa position. Selon lui il devait se trouver à l'est des Iles Chatham et Pitt, elles-mêmes distantes d'environ 800 km de la Nouvelle-Zélande. Cette découverte ne le plongea pas dans l'allégresse car il savait que cette zone était la moins riche en îles, îlots ou atolls de tout le Pacifique.

Bien qu'en proie à un accès de résignation et de fatalisme il empoigna presque machinalement les jumelles et procéda à une lente analyse visuelle de chacun des 360° du désert bleu et mouvant qui l'emprisonnait. A l'exception des cheveux d'écume qui couronnaient les vagues rien n'apparut dans son viseur optique. Alors, en dépit du tragique de sa situation, Clancy esquissa un sourire et à l'aide de son couteau déchira l'un des sachets renfermant de la nourriture. Son contenu n'aurait certes pas mérité le qualificatif de "gastronomique" mais John le trouva malgré tout comestible. Il fit ensuite un sort à l'un des sachets d'eau minérale, se couvrit de sa pèlerine de survie, afin de se protéger du soleil et s'étendit en position fœtale sur le bois devenu à présent totalement sec.

Dormir lui sembla sur le moment la meilleure façon de tuer le temps et de faire taire les pensées funestes qui hantaient son cerveau. Son subconscient en décida autrement et en lieu et place de la sérénité tant espérée ses périodes de sommeil furent sans cesse entrecoupées de rêves étranges.

Au cours de sa troisième journée de dérive erratique un cauchemar aux détails particulièrement précis mit brutalement fin à sa sieste. Il s'éveilla en sursaut, grelottant, trempé de sueur et désorienté. Pour se rassurer il consulta fébrilement sa boussole. La position qu'elle indiquait depuis le début n'avait pas varié d'un iota ; il continuait donc inexorablement à naviguer plein sud, direction l'océan Austral et les déserts glacés de l'Antarctique.

Les humains sont parfois bizarres et Clancy ne dérogeait pas à la règle. Saisi soudain d'une pulsion incongrue et déplacée vu les circonstances, John décida de dédaigner un futur à l'issue fatale certaine. L'évocation de mourir de froid entre deux glaçons lui dicta d'opter pour un petit moment de félicité, le dernier peut-être. Un ultime *carpe diem*.

Avec calme il se débarrassa de sa tunique protectrice, se déshabilla intégralement et sans lâcher son radeau s'immergea lentement dans l'océan, se laissant bercer par la houle légère. Derrière ses paupières baissées, dans un univers opaque et intime il entrevoyait les traits de sa bien-aimée.

Trente minutes plus tard il avait réintégré son uniforme toujours humide et repris ses jumelles en main pour un second round d'observation. Un quart de cercle vers la droite et toujours aucun signe de vie aux alentours. Rien que des vagues à l'infini sous un ciel parsemé de quelques nuages ; un vide angoissant, une préfiguration de l'éternité.

A l'instant où son regard croisa le cap cent-quatre-vingts quelque chose d'inédit et d'inattendu lui causa une indicible terreur et la désagréable impression que ses récentes épreuves avaient fini par faire basculer sa raison dans l'univers de la démence.

La surprise de taille qui venait de surgir à la proue de son radeau lui fit pousser un hurlement prolongé, qui n'avait plus rien d'humain. Un cri de bête acculée dans l'angle d'une cage, prête à accomplir un acte ultime et désespéré.

A quelques milles nautiques de son embarcation se dessinait la silhouette floue d'un archipel constitué de très nombreuses îles, dont certaines d'une superficie colossale. Cet ensemble ne figurait sur aucune carte, John en était persuadé. Il dut pourtant accepter l'évidence et le fait qu'il était confronté à un événement bien réel. La netteté de l'image s'améliorait et de nouveaux détails se précisaient au fur et à mesure de sa lente progression vers cette terre inconnue. Soulagé de ne pas se savoir atteint d'aliénation mentale mais rempli d'une légitime méfiance, Clancy s'attela sans tarder à une nouvelle tâche, celle d'analyser en profondeur son nouvel environnement.

Utilisant ses bras en guise de rames John parcourut la dernière centaine de mètres qui le séparait du rivage. Le sable fit crisser le dessous du radeau au moment du contact avec la terre ferme. Clancy sauta sur la plage et hala son “embarcation” jusqu’à un endroit où elle ne risquerait pas de se faire emporter par la marée.

L’île était verdoyante, tranquille et de nombreuses essences d’arbres la garnissaient, excepté sur les plus hautes crêtes qui dominaient l’ensemble. L’ex-naufragé revêtit une nouvelle fois son gilet de sauvetage et s’enfonça d’un pas résolu sous la voûte fraîche de la sylve.

Les rouages de sa pensée continuaient à fonctionner à plein régime. « Comment expliquer la présence de cet archipel ? ». Cette lancinante question résonnait de façon récurrente dans son cerveau, sans que son propriétaire ne se montrât capable d’y apporter une réponse logique et plausible.

Après quelques heures d’intense cogitation survint enfin l’illumination : la vague géante qu’il avait aperçue depuis le destroyer n’était en fait que l’émergence de plusieurs îles, jaillies presque simultanément, vraisemblablement à la suite d’une éruption volcanique sous-marine.

Le raisonnement énoncé par Clancy n’était toutefois que partiellement exact, car les masses pierreuses qui surgissent parfois dans les océans du monde et qui sont effectivement le fruit d’éruptions subaquatiques sont composées en principe d’un agrégat malléable, la plupart du temps insuffisamment solide pour résister longtemps à l’assaut continu des vagues.

A sa décharge, John Clancy ne pouvait savoir ni même concevoir que l’archipel avait été créé de toutes pièces par son Dieu. Ni que ce dernier lui-même ignorait tout du fait que son propre fils, le doux et miséricordieux Jaycee, avait non seulement épargné le lieutenant mais l'avait en outre, tel un ange gardien, escorté tout au long du chemin menant à son salut.

Clancy poursuivait assidûment son cheminement exploratoire à l'intérieur des terres et son étonnement croissait au fur et à mesure de ses découvertes. L'île mystérieuse recelait de nombreuses espèces animales, comportait une multitude d'arbres fruitiers et regorgeait de sources d'eau potable, probablement d'origine souterraine. Aucun souci à se faire par conséquent pour s'alimenter et se désaltérer, en attendant d'hypothétiques secours.

A un certain moment, alors qu'il parvenait à l'orée d'une dense forêt d'arbres tropicaux il lui sembla entendre des voix humaines. Sa raison hésita une fraction de seconde puis lui dicta de ne pas prendre en considération ces sons car il était pratiquement impossible qu'une quelconque peuplade puisse se trouver en cet endroit que même les cartes marines ne mentionnaient pas. Il se traita mentalement de psychopathe, mettant sur le compte de la fatigue et du stress ce qui ne pouvait être qu'une hallucination auditive. Mais à l'instant où une phrase prononcée sur un ton vigoureux et péremptoire résonna en anglais, réduisant brièvement au silence le piaillement continu des oiseaux, John comprit qu'il n'était nullement en proie à un délire. Son pouls s'accéléra sans transition et sa respiration changea elle aussi de rythme. La peur au ventre il avançait à pas feutrés, marquant une pause de quelques secondes derrière un tronc ou un fourré au fur et à mesure de sa progression, afin de parer à tout danger.

La pénombre de la forêt se mua soudain en clarté solaire et Clancy produisit un effet certain lorsqu'il apparut aux êtres rassemblés sur le sol tendre et mousseux de la clairière. Et eux induisirent un effet similaire sur l'infortuné lieutenant, dont l'esprit rationnel commençait à chanceler.

Il devait y en avoir plusieurs centaines de ces créatures, adultes et enfants confondus, les unes vêtues de haillons ou de pagnes hâtivement confectionnés au moyen de larges feuilles de végétaux, d'autres portant les tenues les plus diverses, allant de la minijupe ou du jean effrangé au complet-veston ou la robe de cérémonie, sans oublier celles et ceux revêtus d'un uniforme. Certains étaient encore recouverts de poussière ou portaient les stigmates de blessures diverses. Mais tous sans exception s'exprimaient en anglais avec des intonations et tournures typiquement américaines.

A l'instant même, au Paradis, Dieu et son assistant réalisateur observaient la scène depuis leur régie TV.

– Le plan que tu m'as suggéré semble fonctionner, admit l'Eternel, admiratif. Mais que vient faire ici ce militaire de dernière minute ? Me serais-je trompé quelque part ?

– Aucunement, père. J'ai peut-être outrepassé mes droits mais j'assume pleinement un acte dont je me justifierai en temps voulu.

– Tu es décidément un indécrottable romantique, mon petit Jésus, dit Dieu avec un sourire bienveillant. J'approuve ton action car toi et moi ne sommes-nous pas qu'amour ? Uniquement pour ceux qui le méritent, bien sûr !

– Merci de m'avoir pardonné, conclut Jaycee avec humilité, tout en baisant la main du patriarche.

– Puisque nous parlons d'amour, mon chéri, une question me taraude depuis des siècles : comment se fait-il qu'à ton âge tu ne sois pas encore maqué avec une fille ?

Rassure-moi, tu n'es pas attiré par les hommes, par hasard, ou par inclination ? J'en serais un peu contrit, tu peux le comprendre, mais d'autre part ma tolérance proverbiale et une adaptation aux mœurs de notre époque me conduirait à accepter tes préférences, même si au tréfonds de moi-même je n'approuve pas.

– Rassure-toi, ô mon père, les homos ne m'ont jamais tenté, sinon tu penses bien qu'avec mes apôtres on aurait pris du bon temps ! ironisa Jésus, en ponctuant sa phrase d'une œillade grivoise. Ni gay ni puceau ! J'ai comme tout un chacun connu quelques brèves liaisons avec des demoiselles, sans toutefois en avoir fait étalage car ces aventures ne m'ont apporté qu'amertume et déception. Que ces amantes aient été jolies ou pas, pulpeuses ou maigrichonnes, blondes, brunes, ou rousses, les brefs épisodes que j'ai vécus n'ont laissé en conclusion qu'un goût amer d'inachevé. Je dois être trop exigeant sans doute, ou carrément utopique. Alors en désespoir de cause j'ai opté pour la chasteté. Quand on est seul et peinard aucun risque d'encourir des bleus à l'âme. Souviens-toi des dernières phrases de la chanson de Léo Ferré « *Avec le temps* »...

Pardon pour cette digression..., elle n'était destinée qu'à introduire et bien comprendre la suite. Puisque tu souhaites connaître les recoins cachés de ma vie sentimentale, je vais me confier à toi. Tu es prêt ? Ecoute bien, c'est gratiné...

Or donc, en cette belle journée caniculaire de l'an de grâce 33 je gravissais cette damnée pente du Golgotha, nommée également Mont du Calvaire. En effet c'en fut un beau, de calvaire ! Une déclivité ascendante de 16 %, un chemin constellé de cailloux qu'on n'avait même pas songé à balayer, des imbéciles qui se croyaient au Colisée de Rome et qui gueulaient « à mort ! » tout en me postillonnant dessus, la tunique d'occasion qui menaçait de tomber sur mes chevilles au risque de friser l'attentat à la pudeur et comble de malchance, pas la moindre petite buvette pour prendre une pause. Tu vois le tableau, hein ? Par contre, niveau organisation… chapeau ! Des soldats romains bien propres sur eux, rasés de près, impeccablement alignés et un service d'ordre nickel, à la prussienne.

Toutefois quelques menus détails dans la mise en scène me chiffonnaient : je ne sais pas qui est le sombre enfoiré qui avait eu l'idée de me faire porter une croix, mais je le retiens, celui-là ! Il aurait pu la peser avant de me la refiler !

Ensuite un glandu vicelard est venu déposer une sorte de diadème sur ma tête sous prétexte que j'étais un roi. Primo je n'en étais pas un, faut être clair et secundo ce tortionnaire en herbe avait cru amusant de truffer son cadeau de grosses épines d'acacia. Si je le retrouve un jour ce gazier, je vais lui en faire bouffer, moi, des épines !

– Mais non ? Tu as enduré tout cela, mon pauvre ?

– Mais si ! rétorqua Jésus, inconscient de l'excellent jeu de mots qu'il venait de proférer. A tel point que je me demandais où tu avais bien pu passer, toi qui en principe vois tout.

– Je devais sans doute être occupé ailleurs, éluda Dieu en se souvenant que ce jour-là et à cette heure précise il lutinait frénétiquement une de ses assistantes favorites.

– Bon, c'est pas grave, j'en suis pas mort, enfin… si je puis dire. Je poursuis. Dans un registre plus plaisant il y a eu l'intervention humide de Marie-Madeleine, qui pleurait comme… euh… je ne trouve pas le mot là tout de suite.

– Comme une madeleine, peut-être ? se hasarda à proposer le Tout-puissant.

– Si tu veux… C'est marrant cette expression ! A mon avis elle fera date ! Ensuite il y a eu la célèbre Véronique et son idée saugrenue d'éponger mon front couvert de sueur et du sang provoqué par les épines. A mon avis elle a dû regretter son acte parce que l'autre jour, au lavoir, je l'ai vue. Elle s'escrimait encore à faire disparaître les taches avec sa nouvelle lessive aux enzymes.

– Elle aurait pu aisément se prénommer Arielle, la Véro, dit le Boss, espiègle et hilare.

– Décidément t'es en forme, toi, aujourd'hui ! constata junior admiratif mais un peu déboussolé par l'attitude désinvolte de son paternel. Quand tu auras fini de t'esclaffer je pourrais à la rigueur terminer mon récit ?

– Oups, oui, je suis désolé, pardon… Il faudrait que je suive ton conseil et réduire ma consommation de pinard. J'estime débloquer un peu trop souvent ces derniers temps.

– Faudra y penser en effet ! A présent plantons le décor en musique : Tataaaaaaa ! Oyez bonnes gens la belle et tragique conclusion de cette journée, jamais publiée dans « *Jérusalem Dimanche* » et ne figurant dans aucune archive audio-visuelle ! Concentre-toi bien car mon héroïne va faire son entrée… Il s'agit d'une personne du beau sexe, dont le prénom est : “M”.

– Comment ça ? s'exclama Dieu, une femme qui se prénomme “M” ? Tu es certain que tes souvenirs sont tout à fait précis ?

– Ecoute mon vieux, je ne souhaite pas dévoiler son prénom pour des raisons personnelles ! Alors que tu le veuilles ou non ce sera “M”, point barre, ou je clos la discussion sur le champ ! s'emporta le contrarié, dont les joues sous l'effet d'une colère subite avaient viré à l'écarlate.

– D'accord, je n'insiste pas, mais je t'en prie calme-toi !

implora Dieu en extirpant prestement sa boîte de tranquillisants. Tu en aimerais une ? Elles me font un bien fou, ajouta-t-il en gobant goulûment une pilule verte. Excuse-moi et continue ton récit, je ne t'interromprai plus…

– OK, tu te tiens tranquille et je vais reprendre. Donc… je venais de trébucher pour la troisième fois, face contre terre, écrasé de fatigue sous ma croix. "M" s'est simplement approchée de moi, si près que je pouvais percevoir son souffle sur ma joue. Elle m'a dévoilé son prénom, que je conserve depuis lors dissimulé comme un avare le ferait avec ses richesses. Le temps nous était compté mais elle a réussi malgré la bousculade et avant que les légionnaires ne l'escamotent sans ménagements à m'adresser quelques mots de tendresse et de compassion, des paroles à priori ordinaires mais qui m'ont transpercé le cœur et bouleversé l'âme. C'est peu, je le reconnais, pourtant rien ne pourra jamais faire disparaître de ma mémoire ce regard empreint d'une tendresse infinie et les inflexions suaves de cette voix.

Depuis cette minute magique, cet instant de béatitude, je te le jure, papa, je poursuis cette âme partout, sans la trouver… ajouta Jésus la conscience dévastée, les yeux inondés de larmes et la gorge paralysée par l'émotion. A présent tu connais la raison ultime de mon célibat acharné… conclut-il après une pause destinée à remettre de l'ordre dans sa désespérance. Mais si un beau jour par chance nos deux chemins se recroisent, alors oui, j'en suis absolument certain, nous nous reconnaîtrons et toi qui ne souhaites que mon bonheur, où que nous nous trouvions, tu sauras que je suis enfin heureux.

J'ai encore un truc à te dire… il est temps de me justifier : Clancy, le survivant, est un homme qui souffre profondément et qui traîne sa détresse comme un fardeau, car il recherche désespérément un être cher récemment porté disparu. Elle se prénomme Melody. Cette femme est l'amour de sa vie pour tout dire. Alors je l'ai laissé en vie afin qu'il puisse au moins tenter de la retrouver…

Sous le coup de l'intense émotion générée par le récit filial, le Tout-Puissant se leva, ouvrit ses bras et y accueillit le demi-Dieu, lequel n'était plus en cette minute qu'un homme écorché vif et désarçonné, pour une longue et paternelle accolade. La tête posée sur l'épaule de son vis-à-vis, Jésus ne remarqua même pas les deux grosses gouttes salées qui perlaient aux paupières de son géniteur. A cet instant précis le père se sentait plein de commisération face au désarroi amoureux de Jésus mais il regrettait également la maudite beuverie de trois jours et sa consécutive monumentale gueule de bois, dont les effets funestes l'avaient empêché d'éviter ou d'abréger le supplice du fruit de sa chair.

Quelques jours plus tard, au cœur de la City de Londres, les traders, courtiers, banquiers, gérants de fortune et autres adorateurs de l'argent, qu'il fût virtuel ou concret, avaient repris leur activité avec optimisme et énergie. Il était presque neuf heures du matin et tous semblaient avoir déjà oublié ce qui s'était déroulé au pays de l'Oncle Sam.

Les plus motivés, à moins que ce ne fussent les plus avides, avaient déjà allumé leurs écrans sur lesquels apparaissaient soit des graphiques de multiples couleurs ressemblant à des encéphalogrammes, soit des colonnes de chiffres agitées de soubresauts. Un non-initié, c'est certain, n'aurait pu passer plus de dix minutes devant cette gigue visuelle convulsive et frénétique sans attraper une migraine carabinée, s'il avait eu l'idée saugrenue d'essayer de comprendre la signification de ces informations.

Les retardataires quant à eux franchissaient d'un air qui devait paraître affairé, surtout pour la galerie, le seuil de leur entreprise et se brûlaient les lèvres en tentant tout en marchant de terminer leur gobelet géant d'infect café Starbucks. On aurait dit un troupeau de moutons en grand uniforme, tant les vêtements qu'ils avaient sur le dos se ressemblaient. Et comme des bestiaux, on les avait marqués : pour les femelles un badge accroché au cou, ondoyant à chaque mouvement du buste et pour les étalons le même rectangle de plastique mais clipsé à la ceinture, cela pour indiquer clairement au reste du monde à quel maître ils appartenaient.

Si une petite minorité de sportifs compulsifs et quelque peu narcissiques se faisait un devoir d'utiliser les cages d'escaliers, la grande masse prenait un malin plaisir à se compresser les uns contre les autres dans les ascenseurs, comme des maquereaux en boîte. Certaines *ladies*, non contentes de se maquiller à la louche, avaient dû s'asperger de leur parfum de luxe au moyen d'un arrosoir, tant l'odeur écœurante de ces fragrances envahissait les cabines. Au cours du trajet des mâles hypocrites reluquaient subrepticement et systématiquement les jambes, les fesses ou les décolletés de leurs compagnes de voyage, mais reprenaient illico, dès qu'ils se sentaient repérés la posture standard "lift", laquelle consistait à fixer avec un air plus ou moins stupide le cadran aux diodes luminescentes se trouvant à la verticale des portes coulissantes de la cabine, prévu pour indiquer aux voyageurs les moins intuitifs à quel étage ils se trouvent, au cas où ils se perdraient en route.

Les horloges digitales fixées aux murs des immenses salles de trading indiquèrent simultanément neuf heures et les ruches commencèrent à bourdonner. Les ordres de vente et d'achat se succédaient à une cadence infernale dans un relatif silence puisque depuis quelques années les employés de ces services étaient équipés d'un matériel audio sophistiqué.

Les affaires semblaient se présenter sous les meilleurs auspices en ce jour de reprise, d'autant plus que certains initiés faisaient déjà courir auprès de leurs clients les plus fortunés, bien entendu à mots couverts, des rumeurs alléchantes concernant le pétrole écossais.

L'euphorie s'amplifia jusqu'à onze heures et sept minutes, instant précis où la gigantesque panne informatique survint. La jubilation de la matinée fit peu à peu place à une angoisse croissante à mesure que les heures passaient. Submergées d'appels, les diverses hotlines se révélaient incapables de proposer des solutions aux multiples appelants, car même les informaticiens les plus chevronnés et bardés de doctorats es-réseaux ne pouvaient en l'état fournir la plus minime explication.

Très loin de cette ambiance fébrile, Dieu, installé devant son écran favori, un verre de Château Margaux à la main, savourait à la fois son nectar bordelais et l'instant présent, pas peu fier d'avoir enfin pu coller une grosse claque à tous ces spéculateurs condescendants et dénués de scrupules.

Le bug informatique ne dura que quelques semaines, mais ce laps de temps se révéla suffisant pour ruiner pendant longtemps une grosse partie du système ultra libéral et pro-mondialiste britannique. Le Créateur devait ressentir pour les British une antipathie particulière car il les gratifia en prime pendant des mois, à intervalles plus ou moins réguliers, de fortes et interminables averses, lesquelles provoquèrent des inondations dévastatrices. Eux qui pourtant adoraient les parapluies, les impers de chez Burberry et naviguer sur n'importe quel type d'embarcation, firent face avec courage à l'adversité, mais les moins opiniâtres, excédés, en perdirent presque leur raideur coutumière.

L'Ecosse mit à profit cette période pour organiser une seconde consultation de ses électeurs au sujet de la sortie de leur pays du Royaume-Uni. Cette fois-ci le résultat n'offrit aucune prise à l'ambiguïté : les 80 % des suffrages exprimés en faveur de la sécession indiquaient clairement que la domination anglaise, exercée depuis 1707, venait de connaître son terme. Ne pouvant déroger aux règles démocratiques en vigueur, sous peine de se voir taxée de république bananière, l'Angleterre se vit contrainte d'accepter le verdict des urnes et d'admettre que le célèbre et populaire drapeau, l'Union Jack, reproduit sur toutes sortes de produits dérivés, perde non seulement une de ses croix et une de ses couleurs, mais aussi une partie de son âme.

# Chapitre 6

Les survivants des pays et régions frappés par la colère de Dieu semblaient avoir enfin compris la dure leçon d'humilité infligée par le Tout-puissant.

Aux USA noirs et blancs œuvraient désormais ensemble et sans une once de racisme à la reconstruction de leur habitat. Au Moyen-Orient les fanatiques radicaux aux armes désormais inutilisables avaient été replacés sur le chemin de la vraie religion, celle qui ne véhiculait que paix et amour. En Angleterre les Golden Boys découvrirent que l'on pouvait malgré tout exister et être reconnu, sans forcément devoir faire étalage de ses possessions matérielles et autres signes extérieurs d'aisance.

Dieu semblait serein et satisfait face à ces nouvelles résolutions et prises de conscience, alors il se détermina à lever quelques punitions.

Des millions d'êtres officiellement décédés furent ressuscités d'un geste et renvoyés dans leur pays par groupes n'excédant pas dix mille individus dûment triés sur le volet, non à l'endroit de leur trépas, mais dans des zones éparses relativement accueillantes, où ils pourraient rebâtir un avenir et surtout un présent très différents de ce qu'ils avaient envisagé et goûté au cours des années passées. La reconstruction se révèlerait longue et difficile, ce qui assurerait à tous au moins deux siècles de tranquillité et de modestie.

Au Moyen-Orient et ses alentours l'eau réapparut comme par miracle, ce qui mit un terme au régime alcoolisé général, totalement contraire aux préceptes de l'Islam, mais finalement conformes aux décisions du Ciel, étant donné que Dieu, Allah et Jehovah n'étaient qu'une seule et même entité.

En Angleterre, les trombes d'eau se raréfièrent puis s'interrompirent et les Brits, de coutume pâles comme des comprimés antalgiques, purent redécouvrir les bienfaits de larges périodes ensoleillées et chaudes sur les rivages entourant leur île, ainsi que le plaisir masochiste de soigner des brûlures douloureuses dues aux coups de soleil. Pour être tout à fait franc, la chute de la bourse de Londres avait entraîné dans sa spirale descendante toutes les autres places financières du globe, en un énorme effet de domino. La récession mondiale qui s'ensuivit eut pour effet un appauvrissement quasi général des populations. Les classes moyenne et ouvrière n'avaient plus les moyens de se payer du bon temps hors de leurs frontières et demeurèrent sagement à la maison. Les escapades des multimillionnaires se raréfièrent elles aussi un peu plus tard, les fortunes amassées de manière plus ou moins honnête présentant des signes évidents de dégringolade. En résumé Dieu n'avait pas seulement annihilé des hordes d'immondes salopards qui le méritaient amplement. A la suite d'une faute professionnelle il condamna à mort une profusion de malheureux innocents, faute qu'il racheta en partie plus tard. Ce que les hackers et autres pirates du domaine informatique n'avaient jamais réussi à obtenir malgré moult tentatives, le Créateur le réalisa en quelques heures. En précipitant la disgrâce d'une certaine économie mondiale par trop perverse il infligea de profondes blessures au système capitaliste tout entier.

A la même période, mais très loin de là, dans l'enceinte d'un vaste bureau *open space* du Paradis, le bienheureux chef-comptable Saint Pierre, ses assistants, stagiaires, apprentis et lampistes divers renouaient lentement avec la bonne humeur. Conformément à la récente promesse du Patron du ciel, plusieurs dizaines de millions de noms de "touristes", encore inscrits il y a peu au grimoire des arrivées, dans la colonne des crédits, basculèrent en un éclair dans celle des débits. Evénement à marquer d'une pierre blanche, car dans ladite colonne n'avait figuré à ce jour qu'un seul et unique nom, celui d'un certain Jésus Christ, seul pensionnaire du coin à avoir fait l'objet d'une résurrection, d'après des informations de source sûre.

Puisque nous en sommes à évoquer le Sieur Jésus, attardons-nous un instant sur sa personne et profitons-en pour tordre le cou à une légende tenace, mais néanmoins erronée : Non, cet homme n'a pas les yeux bleus. Ils sont bruns. Quant à ses cheveux ils ne sont ni blonds, ni ondulés, ni bouclés, même lorsque le temps est humide ou au sortir de la douche. Bref, son aspect ne correspond nullement à celui de l'imagerie représentée sur les crucifix, icônes et autres images pieuses, abondamment diffusées à travers les époques par les diverses congrégations religieuses.

Au risque de décevoir ses adoratrices les plus ardentes et ses dévots les plus fervents voici à quoi ressemble en réalité le prince d'Eden : sa taille élancée est plutôt moyenne, ses cheveux à l'origine châtains, mais portés assez courts, se sont agrémentés de traits d'argent au fil des années. Ils sont raides comme l'esprit d'un militaire de carrière mais paradoxalement impossibles à discipliner. Et à force de siroter des cocktails de fruits riches en glucides et de ne pratiquer aucun sport, hormis le motocyclisme amateur, il a développé un petit début de bedon, certes discret, mais qui sans un petit régime restrictif pourrait rapidement croître en volume.

Pour en terminer avec les clichés fallacieux il faut préciser que Jaycee ne se balade jamais en tunique ni à torse nu, uniquement vêtu d'un ridicule carré de textile cachant ses parties intimes, ni en salopettes d'ailleurs. A l'instar des autres résidents masculins du Ciel il est décemment vêtu, même si son look un brin négligé tendance cool suscite parfois des commentaires divers. Détail pouvant se révéler émoustillant pour certains : il porte des boxer-shorts moulants en guise de sous-vêtements.

Quant à la question : « mais comment se fait-il qu'il ait un look de quinquagénaire alors qu'il est censé avoir plus de deux mille ans ? », nous apporterons une réponse pas très scientifique, certes, mais jusqu'à preuve du contraire, irréfutable : Jésus est soumis au vieillissement comme tout un chacun, sauf que le processus chez lui agit d'une manière considérablement ralentie.

Ces choses-là se devaient d'être dites, même au risque de voir la dure réalité flinguer le romantisme et les illusions, un peu comme dans la plupart des relations amoureuses…

Dans le collimateur de l'écran B4 du Big Boss se trouvaient encore quelques cibles à traiter en urgence : la Corée du Nord tout d'abord, dirigée par un mégalomane adipeux à face poupine, troisième descendant d'une lignée de dictateurs dont les ancêtres auraient dû pratiquer l'utilisation systématique et obligatoire du préservatif, afin d'éviter à la Terre qu'une telle engeance ne vînt au monde.

Cyclothymique, corrompu, paranoïaque, agressif, affameur du peuple, avide de gloire et de titres ronflants, nostalgique du stalinisme : tels étaient les termes le plus souvent usités pour le qualifier. La spécialité de ce déséquilibré était un discours alternant entre une offre de fraternisation avec son voisin du Sud, son ennemi juré depuis 1953, suivi ensuite de violentes diatribes le menaçant d'une destruction pure et simple au moyen de l'arme nucléaire.

Ce pantin avait réussi à s'attirer l'inimitié non seulement de ses adversaires traditionnels mais également de la République populaire de Chine, son ultime allié, qui commençait à afficher des signes d'agacement face aux essais nucléaires à répétition, aux tirs de missiles ratés et aux fanfaronnades proférées envers ses bouc-émissaires de prédilection : Corée du Sud et Japon.

Dieu afficha la carte de la Corée du Nord et actionna avec précaution le zoom hyper puissant d'un mouvement de joystick, geste très contrôlé car il ne désirait pas réitérer la bourde commise envers les Américains.

Sur son écran il pouvait suivre le moindre déplacement de quiconque. En gros plan apparut ce qui semblait être une base militaire, fourmillant d'hommes en uniforme vert et de bannières rouges. Il zooma ensuite plein cadre sur la physionomie du bébé-dictateur et un sourire de carnassier naquit sur les lèvres du vengeur omnipotent.

Repassant en plan général il observa sa cible, flanquée comme à l'habitude de sa cohorte de zélateurs et de thuriféraires. Louis XIV n'aurait pas fait mieux en matière de courtisans.

Le cortège se dirigea ensuite vers une sorte de fosse de laquelle émergeait partiellement un objet ressemblant à une fusée. L'instant d'après s'ouvrirent d'autres trappes laissant apparaître de nouvelle fosses, toutes dotées d'un projectile similaire. Il devait y en avoir une bonne dizaine. Mais pour Dieu, peu importait leur nombre.

La marée verdâtre, immobile, dans un garde-à-vous parfait, écoutait le discours interminable du Grand Leader, prononcé d'une voix menaçante. Kim III martelait les mots et abattait par intermittence son poing viril et offensif sur le bois du pupitre bardé de micros sur lequel il trônait. On aurait dit un mélange des défunts tontons Adolf et Benito, mais en beaucoup moins rigolo.

L'allocution se conclut par une salve d'applaudissements, lesquels ne paraissaient pas très spontanés, mais dans ce pays mieux valait hurler avec la meute assujettie à son mâle alpha et ne pas trop chercher à se singulariser. A l'instar de leurs collègues de la tristement célèbre Stasi, police secrète de l'ex-RDA, les agents du petit ventru surveillaient en permanence les hommes, les femmes, les idées, les pensées, les animaux de compagnie et peut-être même les rêves, allez savoir.

On conduisit ensuite le Duce asiatique et grassouillet jusqu'à une salle ressemblant au poste de contrôle d'une centrale atomique. Comme la cérémonie avait été répétée au moins cinq fois durant la semaine précédente, afin que tous soient certains qu'aucune fausse note ne vînt troubler son déroulement, ce fut donc d'un geste absolument spontané que Kim Machin appuya sur le bouton rouge en forme de buzzer de jeu télévisé, censé commander la mise à feu.

Ce fut en effet un succès complet. L'ensemble des fusées explosa avec un synchronisme touchant, réduisant le Napoléon coréen, la totalité de son état-major et ses sympathisants les plus acharnés en particules microscopiques qui s'évaporèrent avec légèreté dans le souffle généré par les déflagrations puis voletèrent avec grâce en suspension dans l'atmosphère comme une nuée de papillons.

« Une bonne chose de faite ! », déclara Dieu sobrement et pour toute épitaphe. Il remplaça la carte de la Corée du Nord par un fond d'écran représentant une pin-up à la chevelure blonde et à la forte poitrine largement dénudée. Décidément on ne se refait pas. Puis il déboucha lentement en la savourant à l'avance une bouteille de Gevrey-Chambertin 1978, considérée comme l'année du cru du millénaire.

---

Sur l'île, Clancy avançait avec précaution en direction d'un des groupes d'humains. Eux, au contraire demeuraient figés et semblaient hébétés, comme s'ils avaient subi un choc émotionnel intense. Afin de ne pas les effaroucher davantage il stoppa sa progression et s'adressa à eux avec douceur. Dans un premier temps il n'obtint aucune réaction.

Il fit une pause de quelques minutes et tenta une nouvelle fois de nouer un début de dialogue. N'obtenant rien de plus que lors de sa précédente tentative, John à bout de patience sentait qu'il allait renoncer et les abandonner lorsqu'une fillette d'environ neuf ans se leva et marcha vers lui. Parvenue à ses côtés et contre toute attente elle lui prit la main, sans prononcer une parole. Clancy sentit une boule d'émotion naître dans sa gorge. Il s'agenouilla et serra la petite contre lui, d'un geste maternel.

Cette action provoqua parmi la populace rassemblée une sorte d'électrochoc salutaire. Par petits groupes ils abandonnèrent peu à peu leur attitude apathique et vinrent former un cercle autour du lieutenant.

« Tu viens aussi de la côte ouest ? », questionna une voix au premier rang.

– Non, je suis né dans le New Hampshire et j'habitais à Seattle… du moins… avant la catastrophe. Malgré ce qui est arrivé nous avions nos ordres. J'étais en service dans le Pacifique sud sur un navire de l'US Navy et nous avons fait naufrage. Je m'appelle John Clancy et je suis lieutenant de vaisseau. J'ai bien peur d'être le seul survivant… Et vous tous, que vous est-il arrivé ?

– Nous vivions tous en Californie quand le cataclysme est survenu… affirma une femme élégante, au langage un peu précieux, vêtue de pied en cap de fringues griffées.

– Quoi ? l'interrompit Clancy. Mais ce n'est pas possible ! Cette île est à plus de 6000 miles marins de L.A. ! Par quel moyen seriez-vous parvenus ici ?

La voix éraillée et lasse d'un homme d'environ soixante ans à la calvitie avancée fusa depuis un autre rang du cercle. Ses joues étaient envahies par une barbe grisâtre, négligée et sillonnées de rides profondes et sales. Il portait des chaussures éculées, un pantalon troué aux genoux trop grand pour lui, une chemise à carreaux où manquaient plusieurs boutons et un long manteau de laine brune poussiéreux et déchiré.

– C'est pourtant comme ça, damoiseau ! Personne parmi nous ne comprend comment on a été parachutés ici. Par contre il semble que chacun de nous se souvienne d'une sensation très précise.

– Une sensation ? Laquelle ?

– Si on te raconte tu vas tous nous prendre pour des dingues, jeunot ! fit l'homme en ricanant.

– Au point où j'en suis rien ne peut me surprendre, monsieur !

– OK, *buddy*, j'vais cracher le morceau à tes risques et périls, accroche-toi ! Et appelle-moi Harry, j'ai pas l'habitude qu'on me donne du "monsieur » !

– D'accord… euh… Harry, je vous écoute.

– T'aurais pas une petite fiole de gnôle par hasard ? Un p'tit coup derrière la cravate m'a toujours aidé à parler.

– Désolé, Harry, il n'y avait pas cet article dans le kit de survie…

– Dommage, mais c'est pas grave mon ami, t'en fais pas ! Ça fait déjà un petit moment que je suis au régime sec. Depuis le séisme en fait… Bon t'es prêt, je commence. Le jour du Big One j'me trouvais avec mon pote Ronnie du côté de Westlake, un des quartiers merdiques de L.A. mais où on trouve encore de la bouffe potable dans les poubelles. On était tranquillement en train de déguster des restaillons de poulet frit de chez KFC quand la secousse est arrivée. Ronnie allait me refiler la bouteille de rye pour que j'la tète un coup et… il est mort devant moi, d'un coup sec, la tronche explosée par un fragment de béton tombé d'un immeuble.

– C'est horrible, balbutia Clancy, atterré.

– Attends mon pote, c'est pas fini ! C'est là qu'ça devient intéressant ! Tu vas pas me croire mais je crois bien que j'ai passé l'arme à gauche aussi et pour ainsi dire au même moment. J'ai été enseveli sous j'sais pas trop quoi et j'me souviens plus de rien. A part cette lumière blanche...

Ces derniers mots eurent sur le marin un effet comparable à un électrochoc. Il saisit Harry par le bras avec brusquerie et l'entraîna à l'écart, loin du groupe.

– Une lumière blanche... une lumière blanche, ressassait Clancy, sonné comme un boxeur.

– Ah, tu vois, l'ami, ça étonne, hein ? Ben oui je confirme ; un tunnel sans fin et une magnifique clarté, d'un blanc tellement éclatant qu'on aurait dit un brasier, mais sans aucun dégagement de chaleur.

Une hypothèse folle se mit alors à germer dans les neurones de Clancy. Une idée à première vue inimaginable et surréaliste, mais finalement tout ce qui s'était passé au cours des dernières heures pouvait-il être taxé de "raisonnable" ?

– Vous êtes croyant, Harry ?

– Bonne question John... J'l'étais pas trop mais à présent j'me demande si ce coup-là était pas signé Dieu, fit le clodo en pointant son index et son regard vers le ciel. Parce que, mon gars, une lumière blanche aussi puissante et ensuite un largage collectif sur cette île, ça sonne pas très humain, tu trouves pas ?

– Je le reconnais Harry... Et vous êtes certains de tous provenir de Californie ?

– Mais oui mon petit lieutenant. Ils sont pas très

causants mes voisins mais ils sont tous de là-bas, ça c'est sûr ! On n'a pas encore exploré l'île en profondeur mais j'suis convaincu qu'on va en trouver une mégaflopée d'autres, tu verras !

Lundi matin, 10h43, au Paradis. Dieu venait à peine de se lever après une nuit difficile. Décidément il avait de plus en plus de mal à digérer le vin rouge, même millésimé. Quand il eût mis la main sur les comprimés effervescents, il en balança deux dans un grand verre d'eau froide et en avala le contenu sans attendre la fin de la production de bulles, ce qui provoqua des picotements plutôt marrants dans ses narines.

Le médicament ayant rempli son office, il décida de convoquer son fils séance tenante. Il avait une chose à lui dire qui ne pouvait attendre. Il l'appela donc sur son portable modèle spécial et lui donna rendez-vous dans une des salles VIP de la cafétéria de l'entreprise PFSE SàLR (Père, Fils, Saint-Esprit, Société à lourdes responsabilités).

Jaycee se montra pour une fois ponctuel et franchit la porte du salon privé pile à l'heure. Ils échangèrent les banalités d'usage pendant le repas et Jésus se demandait pourquoi son père avait cru bon de le déranger pour des sujets aussi futiles.

Au moment de déguster le café, le regard de Dieu fut brièvement traversé par un éclair de roublardise, que le distrait chronique ne remarqua pas. Le Créateur avala son espresso d'un trait, s'essuya les lèvres d'un revers de langue et posa ses mains à plat sur la nappe de coton blanc.

– Comme tu as pu le remarquer, la planète Terre a subi d'importantes mutations ces derniers temps. Il me reste encore à régler le sort des derniers récalcitrants mais ce sera bientôt chose acquise. C'est pourquoi d'ores et déjà j'aimerais te parler de ta récompense.

– Ma récompense !? Mais qu'ai-je fait pour mériter un tel honneur ?

– Eh bien tu m'as apporté ton aide en acceptant de redescendre quelque temps dans le bas-monde et surtout tu m'as donné l'idée des nouveaux territoires océaniques quand j'étais en panne d'inspiration. Cela mérite de la gratitude. J'ai pensé à t'offrir un petit séjour tous frais payés sur Terre.

– Encore ? s'emporta junior. J'ai déjà donné, non merci !

– Attends, ne t'énerve pas et écoute jusqu'au bout, je te prie. D'accord ?

– Ouais d'accord, mais je vais être dur à convaincre. Tu vas encore me faire prendre des notes dans ton cellulaire *hype* afin d'utiliser ensuite mes remarques pour châtier les malveillants et même quelques innocents ? Ou alors tu vas me faire croupir pendant des heures dans une grotte au milieu d'un désert à la con, entouré de tarés qui égorgent des otages ou les traînent encore vivants derrière un camion jusqu'à ce qu'ils soient écorchés vifs et exsangues ? Si c'est ça je te le dis tout net : c'est NON ! Et même si tu étais le Pape, je ne t'obéirais pas !

Dieu écarquilla les yeux et éclata de rire, prouvant ainsi sa vivacité d'esprit. Jaycee ne réalisa pas tout de suite l'énormité involontaire qu'il venait de proférer sous le coup de la colère, mais au bout d'une seconde il s'en rendit compte, alors son hilarité se joignit à celle de son père.

– Elle est bien bonne, celle-là, gamin ! Je la replacerai ! Bon ! A présent que le calme est revenu laisse-moi terminer ma proposition, tu veux bien ?

– Excuse-moi, je t'écoute et je vais essayer de ne pas t'interrompre.

– Je t'en remercie. Eh bien voici ce que je te propose. J'ai pensé t'offrir des vacances dans l'endroit le plus calme et tranquille du globe : la Suisse.

– C'est pas mal la Suisse comme idée, mais n'est-ce pas un endroit où il ne se passe pas grand-chose ? D'après ce que je sais tout est un peu ramolli là-bas. A part la création de passerelles sous les autoroutes permettant aux grenouilles de traverser en toute sécurité, le tintement des cloches de vaches qui perturbe le sommeil des touristes, deux ou trois chauffards pincés en excès de vitesse et des granges ravagées par les flammes, on ne peut pas dire que l'existence soit trépidante et riche en frissons dans ce bled !

– Tu l'as dit toi-même : « marre de la violence ». Alors ?

– Ouais bon d'accord, tu as raison finalement. J'accepte ta récompense. Le moment venu, j'irai !

– Qu'il en soit ainsi… Et puis tu sais, mon grand… il peut survenir des événements surprenants, même dans une oasis de paix, crois-moi.

Vous vous demandez sans doute à ce stade si Dieu n'avait pas une idée derrière la tête et si sa proposition sibylline, perçue a priori comme innocente et désintéressée par le commun des mortels, ne dissimulait un quelconque plan machiavélique. A cette question nous répondrons par ces simples mots : « pourquoi pas ? ».

†††

Sur la Terre, en Nouvelle-Zélande, la vague géante à l'origine du naufrage du *Zumwalt* avait été dûment détectée par les sismographes, sous une forme très atténuée il est vrai. Les données récoltées permettaient d'indiquer sa géolocalisation avec suffisamment d'exactitude, ce qui incita quelques scientifiques néozélandais à secouer la torpeur légendaire et le train-train quotidien de leur gouvernement.

Après lecture des nombreux rapports qu'on leur avait transmis, les instances politiques du pays, tout en demeurant persuadées qu'aucun événement particulier ne serait au bout du compte signalé, mais la curiosité titillée par ce phénomène naturel rare, décidèrent néanmoins de dépêcher dans la région une escadre de navires, afin de pouvoir classer ce dossier au plus vite. On n'allait tout de même pas perdre du temps et de l'argent pour une broutille, ni faire une croix sur la traditionnelle partie de golf de l'après-midi.

C'est ainsi qu'un mardi en début de matinée, deux bâtiments de guerre, une frégate de la classe Anzac, le *HMNZS Te Kaha* accompagnée d'un patrouilleur hauturier de la classe Protector, le *HMNZS Wellington*, quittèrent fièrement leur base de Devonport via les Iles Chatham et

Pitt, avec pour mission de quadriller une vaste zone située à environ 45° de latitude sud et 170° de longitude ouest. Une vingtaine d'heures plus tard ils croisaient au large des Iles Chatham et Pitt, à environ mille kilomètres de leur point de départ, sans que leurs guetteurs et appareils de détection n'eussent repéré la moindre anomalie.

Abandonnant les derniers lambeaux de terre ferme derrière eux, les navires modifièrent légèrement leur cap jusqu'alors quasiment rectiligne pour cingler vers le carré d'océan qu'on leur avait assigné. Tout autour d'eux ne se dessinait que le désert bleu et mouvant qui avait tant fasciné et terrorisé John Clancy durant son errance.

A bord des deux vaisseaux les hommes s'ennuyaient ferme, malgré les parties de cartes à répétition et les séances de bronzage improvisées sur les coursives. « Encore une de ces foutues missions de routine où il ne se passe rien. A part dépenser l'argent du contribuable, à quoi ça peut bien servir ? », pensaient *in petto* les marins de plus en plus excédés.

Quelques heures plus tard sur l'écran du radar principal un point lumineux accompagné d'un bip sonore aigu vint brutalement rompre la monotonie ambiante. Puis on assista à une germination successive de bips et de points, une véritable grappe de spots lumineux qui s'affichèrent les uns après les autres, jusqu'à envahir la moitié de l'écran radar, plongeant le commandant et les officiers présents dans le poste de pilotage dans un abîme de perplexité. On aurait dit un archipel… dont les îles n'avaient jamais figuré sur aucune carte géographique, opinion en parfait accord avec celle qu'avait formulée John Clancy.

Loin de là, à Pékin, le technicien en HVAC (Heating, Ventilation, AirConditioning) Wang Chen achevait de parquer sa camionnette dans une des cases réservées aux entreprises assurant l'entretien du Zhongnanhai, siège du gouvernement de la République populaire de Chine. Ce parc, situé à l'ouest de la Cité interdite, se compose de deux lacs, séparés par une bande de terre, reliés entre eux par un canal et abrite les nombreux bâtiments réservés aux instances dirigeantes du pays. C'est évidemment un lieu placé sous haute surveillance et qui demeure strictement et hermétiquement clos à tous les non-porteurs d'une accréditation officielle, à tel point que les autochtones, avec une touche d'humour sarcastique nomment communément ce secteur : « La nouvelle Cité interdite ».

Wang, sa mallette à la main, cheminait lentement et d'un air détaché vers le poste de contrôle chargé de filtrer chaque visiteur, même muni du badge réglementaire. Parvenu à destination un officier en uniforme kaki et épaulettes rouges lui intima sèchement et avec autorité l'ordre de ne plus avancer. En citoyen chinois rompu à la discipline et habitué aux visites du complexe gouvernemental Wang se figea et attendit. L'officier vérifia longuement, en silence et d'un air suspicieux le rectangle de plastique muni d'une photo d'identité, lequel comportait en outre le nom de la société mandataire, le domaine de compétence du technicien, ainsi que des pastilles de couleurs précisant les niveaux d'accès autorisés.

– Désolé, camarade Wang Chen ! Tu ne pourras pas entrer aujourd'hui, ordre de la Présidence.

– Mais, capitaine… c'est la troisième fois ce mois que l'on m'empêche de faire mon travail ! Vous savez, les climatiseurs doivent être révisés une fois par semaine afin d'éviter des risques bactériologiques.

– Je comprends ton souci et te remercie de ta conscience professionnelle. Mais tu n'aurais pas l'audace de contester un ordre du gouvernement, dis-moi ?

Cette dernière phrase, formulée d'un ton doucereux par le garde au regard devenu soudain immobile et glacé, fit frissonner Wang. Il y décelait comme une menace à peine voilée et opta sagement pour la soumission.

– Loin de moi cette pensée, camarade capitaine. Il n'y a aucun problème, je reviendrai. Je vous laisse ma carte, vos services n'auront qu'à m'appeler au moment opportun. Je vous souhaite une bonne journée.

Wang rebroussa chemin et d'un pas accéléré regagna le parking sans se retourner. Il pouvait sentir dans son dos la méfiance du cerbère galonné qui le suivait des yeux tout au long de son trajet de retour.

Au même moment et non loin de là, calfeutrés à l'intérieur d'un des édifices du pouvoir, bien à l'abri des micros indiscrets, le Président, son Vice-Président, les 4 Vice-Premiers ministres, les 5 Conseillers d'Etat et les 25 ministres composant le gratin dirigeant le pays le plus peuplé du monde venaient d'entamer une nouvelle séance marathon à huis-clos, la quatorzième en trois jours. Les représentants les plus éminents des forces armées étaient également présents, créant dans la salle une étrange palette de couleurs où se mêlaient le noir et blanc des complets-vestons civils et la sempiternelle uniformité gris vert des tenues militaires.

Les récents incidents survenus en Corée du Nord

constituaient depuis quelque temps l'unique sujet de préoccupation et de discussion des leaders chinois, d'où l'enchaînement frénétique des réunions. Il s'agissait de décider quelle stratégie adopter et une fois la bonne formule trouvée, à quel moment passer à l'action. Fidèles à leur réputation et à leurs idées étroites les militaires prônaient une offensive concertée et rapide. Quelques petites bombes larguées sur les territoires que l'on souhaitait voir passer sous la férule chinoise à titre d'avertissement et l'affaire serait réglée en quelques jours. Les politiques quant à eux émettaient une opinion plus modérée et penchaient pour une persuasion moins guerrière et plus subtile, assortie quand même d'une pincée de perversité. Leurs avis concordaient néanmoins sur un point : quelle que soit la méthode retenue, on obtiendrait un résultat final identique.

Le consensus tant espéré se dégagea en fin d'après-midi. C'est donc pétris de confiance en un avenir radieux et conquérant que les membres de l'élite du pays déclarèrent close cette satanée quatorzième session.

Deux jours plus tard, alors qu'il était attendu pour une réunion de routine, le ministre de la Défense, Wanquan Liu fit appeler par son attaché le cabinet privé du Président. Liu se sentait fiévreux, toussait beaucoup et se plaignait de violentes céphalées. A l'autre bout du fil le fonctionnaire prit note et présenta de manière impersonnelle et machinale ses vœux de prompt rétablissement. Il est vrai que le chef de cabinet présidentiel ne pouvait pas blairer cette ordure de ministre, ce vieux vicieux toujours prompt à le rabaisser et à l'humilier en public lors des réunions.

Au même moment Wang Chen franchissait l'entrée du complexe gouvernemental. Tôt le matin on lui avait enfin donné le feu vert pour sa tournée de maintenance préventive. Sitôt à l'intérieur de l'édifice il pénétra dans le local technique renfermant les équipements de climatisation, ajusta son masque de protection antibactérien et procéda aux vérifications d'usage, respectant à la lettre les indications de sa check-list.

« Ces appareils et leurs conduites d'eau sont absolument dégoûtants, on aurait dû les réviser selon le planning… », murmura-t-il avec une légitime réprobation, tout en s'assurant que personne ne se trouvait aux alentours, car même au paradis des prolétaires rouges les murs peuvent avoir des oreilles.

Au cours de l'après-midi un vent de panique se mit à souffler sur la nouvelle Cité interdite. Les participants à la fameuse quatorzième conférence dans leur ensemble s'étaient fait porter pâle pour cause de maladie. Tous présentaient des symptômes identiques à ceux de Wanquan Liu, lequel venait d'être transféré en urgence de son domicile vers un hôpital réservé à la bourgeoisie du Parti. Le communisme ne connaît théoriquement pas de différences de classes, mais en pratique il en va tout autrement.

Le ballet des ambulances, accompagné du son angoissant de leurs sirènes se prolongea durant le reste de la journée. L'hôpital de luxe s'était enrichi de cinquante-quatre nouveaux patients, tous de haut rang et tous au stade ultime de l'agonie aux premières heures du soir.

Le diagnostic définitif tomba au cours de la nuit : légionellose sévère, affection réfractaire aux antibiotiques, à l'issue souvent fatale, causée dans la plupart des cas par une présence massive de bactéries *legionella pneumophila* au sein des circuits véhiculant de l'eau. Le problème ne pouvait donc provenir que de deux sources : les robinets d'eau chaude ou le système d'air conditionné. Dans les deux cas le sujet absorbe par voie aérienne et sans s'en rendre compte une quantité phénoménale de gouttelettes microscopiques hautement contaminées.

Deux jours plus tard, les sous-fifres du pouvoir chinois, complètement dépassés par les événements et n'étant guère accoutumés à prendre des décisions personnelles, se souvinrent d'une vieille recette pratiquée par les hiérarques soviétiques au temps de la glorieuse URSS, en cas de longue maladie ou même de décès d'un membre influent du Politburo.

On fit donc appel à des éléments fiables du contre-espionnage et de la police politique, que l'on chargea de noyauter l'ensemble du personnel médical et technique de l'hôpital. La consigne absolue, sous peine de risquer un internement prolongé en camp de rééducation, voire pire, n'autorisait à évoquer pour le monde extérieur que de simples symptômes grippaux à caractère temporaire.

En couverture extérieure on disposa également de nombreux véhicules banalisés, dans lesquels des fonctionnaires zélés et tout acquis à la cause surveillaient un large périmètre jouxtant les voies d'accès à l'hôpital.

Malgré ce dispositif impressionnant le secret fut éventé rapidement et bientôt l'information se répandit à travers toute la Chine : cinquante-quatre pontes du régime avaient passé l'arme à gauche à la suite d'une « mauvaise grippe ».

Le pseudo-virus fit hélas une victime collatérale : le malheureux Wang Chen fut arrêté juste après le décès du dernier cacique. Le capitaine aux yeux de glace, celui-là même qui l'avait empêché de pénétrer dans le saint des saints, s'invita inopinément dans son appartement de 40 $m^2$, accompagné de deux sbires en habits civils. Sans se soucier de l'opinion des sept autres membres de sa famille, prostrés et muets devant leur bol de riz, il aboya un ordre bref et le trio l'emmena avec lui, d'abord dans l'univers clos et feutré d'une voiture anonyme et ensuite vers un destin improbable. Pas de témoin, donc pas de problème ; la politique du P.T.C (Protège Ton C...) venait une nouvelle fois de démontrer son efficacité.

Deux jours après cette "invitation" Wang ne fut pas réellement étonné de se retrouver, trimant comme un forçat, dans la moiteur étouffante et la pollution létale d'une des mines de charbon les plus dangereuses de Mongolie intérieure. Pessimiste de nature, il pouvait déjà prédire qu'il décèderait sous peu des suites d'un « regrettable accident ».

Durant ces derniers jours Jésus n'avait pas été beaucoup sollicité par son géniteur, trop occupé à liquider la pègre coréenne du Nord et l'élite de la racaille politicienne chinoise. Il dut donc se résoudre à occuper son temps libre au mieux. Mais après plusieurs jours de cavalcades motorisées, d'ingestion de cocktails fruités et de lectures ayant trait aux derniers modèles de motos il se sentait insensiblement gagné par la lassitude. Il avait même envisagé une petite incursion en Enfer, histoire de rencontrer des âmes imparfaites, auprès desquelles on aurait sûrement rigolé un bon coup. Mais le taulier du ciel n'aurait pas vu cela d'un très bon œil.

Jaycee eut tout à coup une illumination. Il lui arrivait parfois d'en ressentir lors de périodes d'intense abattement et cela pourrait peut-être expliquer pourquoi nombre de ses coreligionnaires de l'époque le traitaient d' “illuminé”.

Il saisit son portable et composa le numéro de la ligne directe du père, lequel répondit après deux tonalités.

– Viiii, bonjour ! Ici la Clinique Benoît XVI ! Que puis-je faire pour vous ?

– Arrête tes conneries, petit rigolo, je t'ai reconnu ! A ton âge se livrer à des plaisanteries de potache, ce n'est pas très convenable ! sermonna Jésus, qui avait du mal à garder son sérieux.

– C'est la soupape qui fonctionne, mon garçon ! Par moments je m'ennuie comme un rat mort alors je débloque un bon coup et ça me fait du bien. Trêve de plaisanterie… en quoi puis-je t'aider ?

– Ben voilà… est-ce que tu m'autorises à demander à Conrad de Parzham de me rendre un petit service tout à fait dans ses cordes ?

– A qui ? C'est qui ce Conrad de Trucmuche ?

– Papa ! Mais enfin souviens-toi ! C'est un frère capucin bavarois qui a été canonisé par le pape Pie XI en 1934.

– Quoi ?! On a canonisé un Allemand ?! On aura tout vu ! s'écria Dieu avec une indignation non feinte.

– Ils ne peuvent quand même pas tous être italiens, les saints ! Et puis ça s'est passé avant la guerre de '39-'45 donc on peut accepter, je pense.

– Admettons… Et quel genre de service comptes-tu demander à ce cher vieux Conrad ?

– Eh bien, comme il est originaire de Bavière et qu'il parle par conséquent couramment l'allemand, langue parlée par les deux tiers des Helvètes, j'avais dans l'idée de l'envoyer en Suisse pour accomplir une mission exploratoire.

– Drôle d'idée en vérité… Et il serait chargé de faire quoi exactement, le Herr Von Parzham ?

– Oh, tout simplement d'aller poser des questions dans les offices du tourisme de Zürich et Berne puis de rapporter des prospectus et des dépliants sur les lieux à visiter. Comme ça je n'aurai pas à me casser les noisettes lors de mes vacances, car j'ai toujours eu une sainte horreur de la langue allemande et tu le sais mieux que quiconque.

– Oooooh que oui ! soupira Dieu en se remémorant les

notes scolaires déplorables de son rejeton dans cette matière. Mais… dis-moi… maintenant que j'y pense… tu n'aurais pas par inadvertance imité quelquefois ma signature pour tes bulletins hebdomadaires ?

– Euh… si ! avoua Jésus le front bas et honteux, s'attendant à une pluie de réprimandes justifiées.

– Eh bien tu as bien fait, à ta place j'aurais agi de même ! confessa contre toute attente le Père éternel, dont la conduite et surtout l'inconduite ne cesseraient probablement jamais de surprendre Jésus.

A Séoul, capitale de la Corée du Sud et en dépit des tentatives de blackout des turbulents voisins du Nord la nouvelle de l'explosion survenue sur le pas de tir de Hwaderi avait fini par filtrer. L'information, bien que réjouissante au premier abord, fut accueillie avec une certaine circonspection. Qu'allait-il se passer à présent que le Timonier joufflu Version 3.0 et sa clique avaient été réduits en confettis ?

Un élément de réponse leur parvint quelques jours plus tard par l'entremise des services diplomatiques suisses à Berne, lesquels représentaient les intérêts et géraient les affaires consulaires des deux frères ennemis. Le contenu du texte avait de quoi ébouriffer le plus endurci des chauves.

Selon les informations de sources fiables contenues dans la note helvétique le peuple s'était soulevé en masse et l'armée populaire, plutôt connue jusqu'ici pour son impopularité, n'avait procédé à aucun acte répressif. Bien au contraire, des unités entières avaient déposé les armes et rejoint les rangs des insurgés, en une sorte de *remake* de l'histoire du cuirassé Potemkine.

Le paragraphe le plus sensationnel se trouvait en page

trois du document : la Corée du Nord se déclarait prête à entamer des pourparlers avec le Sud en vue d'aboutir rapidement à un traité de paix et dans un second temps à faciliter la réunification des deux états, à l'instar de ce que l'Allemagne avait réalisé en octobre 1990.

Sage décision... Un choix sentimental et patriotique pour les familles trop longtemps séparées, mais dicté par la raison ou la peur de représailles pour une frange de nord-coréens nostalgiques du régime, ou un peu trop compromis avec ce dernier. Tout bien considéré, il vaudrait peut-être mieux aller pointer chez Samsung, chez Kia ou aux usines Daewoo, dans ce Sud abhorré et hyper-capitaliste, plutôt que de continuer à crever la dalle en permanence à Pyongyang et partout dans le pays. Et quand les deux nations n'en formeraient plus qu'une, on pourrait envisager un retour discret au Nord, car on n'aurait plus rien à craindre des anciens adorateurs ou vengeurs du « regretté » Kim, lesquels seraient eux aussi trop heureux de se fondre dans la foule et de se faire oublier.

Il ne fallut que quelques semaines pour mener à son terme le processus de rapprochement. La trop sinistrement célèbre DMZ (zone démilitarisée) qui courait le long du 38ème parallèle telle une avilissante balafre se vit démantelée et la Corée retrouva enfin son autre nom : le pays du Matin calme.

# Chapitre 7

A Pékin la bleusaille du nouveau gouvernement avait fort à faire. Suite à la récente saignée opérée dans les rangs des patriarches, les petits nouveaux, sans réelle expérience de la politique domestique ou des arcanes de la diplomatie internationale, car cantonnés jusqu'ici dans des rôles d'exécutants, s'étaient retrouvés catapultés à des postes dont ils ne maîtrisaient pas encore les rouages subtils, tortueux et versatiles. Parler d'incompétence aurait constitué un doux euphémisme.

La plus grande des salles dédiées aux réunions ne cessait d'être le théâtre de confrontations oiseuses et interminables entre des incapables timorés et des velléitaires pusillanimes, ce qui en fin de compte revenait à peu près au même. De temps à autre l'homme qui était censé occuper la première place sur le podium du nouveau pouvoir jugeait opportun d'interrompre les aboiements de cette meute de roquets hargneux en abattant violemment un marteau de buis sur le bureau qui lui faisait face, sans le moindre égard pour la délicate marquèterie du pupitre.

« Mais qu'est-ce que c'est que cette bande de connards ?

pensait-il, la mine défaite et les traits creusés par le surmenage qu'engendrait la constante surveillance et les sempiternels rappels à l'ordre intimés à sa classe enfantine. Il utilisait bien entendu sa langue maternelle pour exprimer ses états d'âme et la version originale donnait approximativement ceci : « 屁眼 », que dans un souci de décence nous ne traduirons pas, cette interjection étant par trop imagée et explicitement obscène.

Pour oublier un instant son écrasante fonction il lorgna d'un air satisfait vers le mur qui supportait la rangée de climatiseurs *split* flambants neufs *made in China* qu'il avait fait installer tout récemment. Par prudence il avait également signé des avenants aux nombreux contrats d'entretien relatifs au système de conditionnement d'air et à la fourniture d'eau chaude. La fréquence d'intervention des techniciens était désormais quotidienne. Les gardes en faction devant les entrées du bâtiment reçurent quant à eux et avec effet immédiat la consigne formelle de ne pas s'opposer aux visites des techniciens de maintenance, sous peine de sanctions extrêmement déplaisantes.

Dans sa mine de Mongolie intérieure l'infortuné Wang Chen se vit offrir une dernière consolation.

En début de soirée, alors qu'il revenait épuisé de son bagne souterrain pour regagner son baraquement surpeuplé et sa paillasse crasseuse, il croisa un individu portant la tenue brune réglementaire imposée aux "travailleurs" du camp, mais dont l'aspect immaculé indiquait qu'elle venait d'être extraite des magasins de l'arsenal. L'homme, menotté et encadré par deux gardiens, cheminait lentement et gardait la tête baissée.

Au moment où ils se croisèrent l'inconnu leva

brièvement les yeux sur Wang. Ce dernier, ayant reconnu l'officier responsable de son rapt et de sa disgrâce, ne put réfréner alors un rire vengeur, déplacé et anachronique, à la grande stupéfaction du personnel pénitentiaire, peu accoutumé à des manifestations de ce genre en ce lieu de malheur et d'affliction.

Ce n'était pas encore l'avènement de la vraie "justice" et la fin du règne de l'arbitraire mais on s'en approchait à tout petits pas.

Dieu souffrait parfois d'insomnies et cette nuit-là il ne parvenait pas à trouver le sommeil. Il avait beau essayer toutes les méthodes de relaxation connues, aucune ne fonctionnait. En désespoir de cause il tenta d'appliquer la bonne vieille méthode du comptage de moutons : un, deux, trois, cent… mille, vingt-mille…

Arrivé au nombre de trois-milliards-cinq-cents-millions-six-cent-quatre-vingt-mille-trois-cent-douze, harassé et proche de la crise de nerfs, il se leva d'un bond, se vêtit à la hâte et marcha d'un pas vif en direction de la salle des écrans. Une idée venait de germer dans ses circuits cérébraux, un concept inédit et ludique que la technologie moderne pourrait contribuer à réaliser.

Il passa donc une grande partie de la nuit à potasser le manuel d'instruction relatif à Powerpoint®, cet outil archaïque et largement dépassé aux yeux du Créateur, mais qui sur la Terre était considéré comme le gratin de l'aristocratie bureautique, indispensable à tout bon manager désireux de se faire valoir dans les séminaires et de faire baver l'auditoire devant cette sublime perfection. Une opinion pas forcément partagée par leurs assistantes, gavées à longueur de journée par des supérieurs vaniteux d'organigrammes, de stratégies de vente et de graphiques de toutes formes.

A l'aube il commença à rédiger sa présentation consistant en une suite de diapositives, chacune n'excédant pas cinq lignes, comme le recommandait le mode d'emploi du logiciel.

Décidément les programmeurs américains à l'origine de ces produits grand public n'avaient pas inventé l'eau tiède en matière d'informatique, mais il faut reconnaître que leurs sociétés étaient imbattables pour créer des besoins parfois inexistants, appâter, motiver et en finale convaincre les derniers indécis, dans le but ultime avoué ou non d'écouler leur daube à des millions d'exemplaires et d'engranger des bénéfices substantiels, propulsant en un rien de temps leurs présidents et autres *Chief Executive Officers* dans le club très sélect des nouveaux milliardaires.

Vers les neuf heures du matin, la colonne vertébrale ankylosée, Dieu s'arracha péniblement à son siège, effectua quelques mouvements gymniques afin de rendre un peu de souplesse à ses articulations et décréta que l'heure de l'entracte avait sonné.

Il quitta la salle des écrans et rejoignit son bureau. Il ne jugea pas utile de s'asseoir et se pencha légèrement en avant au-dessus de sa table de travail puis appuya sur un des poussoirs de l'interphone.

– Ouiiiiiii ? répondit une voix du genre qu'il affectionnait tout particulièrement.

– Bonjour mon petit lapin, bêtifia le daron. Serait-il possible d'avoir un café et des tartines beurrées, s'il vous plaît ?

– Mais certainement, tout de suite. Arabica, Robusta, déca ? Lait et sucre ?

– Ristretto corsé, je vous prie, avec deux carrés de sucre. Merci !

– Je vous amène ça tout de suite, patron !

– Merci ma jolie. Par simple curiosité… comment êtes-vous vêtue ce matin ?

– Eh bien je porte une petite robe noire droite et toute simple. Elle est assez moulante alors si vous souhaitez que je me change…

– C'est parfait comme ça, ne changez rien, l'interrompit le Boss qui semblait déjà avoir un programme libidineux en tête.

Force est de reconnaître que certains jours son statut et les prérogatives liées à son rang présentaient des côtés agréables… n'en déplaise aux envieux.

En Chine les néo-promus en première équipe politique se voyaient confrontés à une série d'événements qu'ils pensaient ne jamais voir le jour dans l'Empire du milieu.

En plusieurs points du territoire on signalait des révoltes ouvrières et paysannes. Du côté des étudiants on revivait les vagues de contestation qui avaient troublé l'ordre public en 1989 et conduit à la sanglante répression de Tien An Men. Mais cette fois-ci, chose encore plus inconcevable, des pans entiers de l'armée populaire avaient basculé dans le camp des insurgés, même au Tibet. On rapportait également des lynchages et des exécutions sommaires mais comme il s'agissait de la liquidation de dirigeants corrompus on n'y attacha aucune importance.

A la suite de ces exactions couraient des rumeurs insistantes indiquant que plusieurs sociétés et entreprises auraient décidé de quitter au plus vite la Chine pour se relocaliser soit dans leur pays d'origine ou dans un coin moins en proie à l'instabilité et à l'agitation. S'il devait y avoir une nouvelle révolution chez les Chinois, mieux vaudrait déguerpir sans trop demander son reste car dans ce genre de chamboulement des effets collatéraux et des bavures se produisaient immanquablement. Et la couardise faisait qu'on se foutait comme d'une guigne des condamnations solennelles et des "sincères" regrets qui ne manqueraient pas après coup d'être exprimés par les parties concernées. Quand on est mort on est en principe assez imperméable aux excuses, ainsi qu'à plein d'autres choses.

A Pékin, chaque heure passée apportait son lot d'informations pessimistes. En temps normal on aurait réglé les problèmes en deux temps trois mouvements : des moyens aéroportés, quelques blindés, deux ou trois régiments de soldats tout acquis à la cause et la révolte aurait été étouffée dans l'œuf, froidement et sans aucune indulgence. Mais les hommes qui avaient dû remplacer au pied levé les défunts dirigeants n'étaient pas de la même trempe et ils hésitaient encore quant à la conduite à tenir. Une perte de temps que les séditieux de tous bords mirent à profit pour étendre leur influence. Une sorte de cercle vicieux : plus les gouvernants tergiversaient, espérant un retour à la normale, plus leurs adversaires gagnaient en puissance et en crédibilité.

Devant l'ampleur de ce que l'on pouvait d'ores et déjà nommer une « révolution nationale » le nouveau gouvernement édicta son premier décret : avec effet immédiat ordre fut donné à l'ensemble des corps d'armée de ne rien entreprendre contre les ouvriers, les étudiants, les paysans et le peuple en général. Tous ceux qui enfreindraient cette directive seraient impitoyablement écartés, d'une manière ou d'une autre.

Afin d'éviter des effusions de sang inutiles l'ensemble des ministres signa dans la foulée deux documents historiques : le premier stipulait que le Tibet retrouverait sa pleine souveraineté dans trois mois au maximum et le second proposait à Taïwan une reconnaissance de leur existence, assortie d'une proposition de coopération dans plusieurs domaines.

A l'instar de ce qui s'était récemment produit en Russie les gouvernants chinois avaient enfin réalisé qu'il vaudrait mieux se consacrer désormais aux réelles aspirations et besoins du peuple, quitte à voir diminuer l'hégémonie du parti unique, plutôt que de s'obstiner dans des errances qui pourraient mener à sa disparition complète. En politique on appelle cela le pragmatisme…

La découverte de l'archipel par les vaisseaux de la marine néo-zélandaise constitua sans nul doute l'événement le plus marquant de ces dernières décennies dans l'hémisphère sud. A l'instar de ce dont John Clancy avait été le témoin, grande fut la stupéfaction des marins néo-zélandais lorsqu'ils reçurent le choc de la vision fantasmagorique d'une nuée de silhouettes aux allures très diverses agglutinées sur le rivage. Leur étonnement augmenta d'un cran quand ils s'aperçurent que ces êtres comprenaient et parlaient l'anglais, teinté certes d'un fort accent américain, mais on n'allait pas faire la fine bouche en un pareil moment.

Au moment de débarquer, le commandant de la frégate ordonna à son officier radio de transmettre en code un message classifié *top secret* au gouvernement de Nouvelle-Zélande, puis de lui fournir en temps réel tout développement ultérieur. La directive fut suivie à la lettre et sans discussion.

A Wellington, les dirigeants politiques et les amiraux effarés recevaient sans discontinuer les informations en provenance de l'archipel. « C'est dingue, ce truc, mais en même temps c'est une sorte de miracle », releva avec justesse l'un des ministres. Et c'est ainsi que l'archipel inconnu se vit attribuer le nom de *Miracle Islands*, ce qui convenait à merveille, vu la façon dont il avait été créé.

Les jours suivants, des convois maritimes composés de navires aux ventres remplis de vivres et de biens de première nécessité exécutèrent un ballet constant d'aller-retours entre Miracle Islands et les ports néo-zélandais afin de sustenter, vêtir et loger correctement les rescapés. L'Australie, mise dans la confidence, apporta son aide sans trop se faire prier.

Un peu plus tard plusieurs dizaines de milliers de "transplantés" exprimèrent le désir de retourner en Californie. Dévastés et en larmes ils apprirent que leur cher état avait été avalé par l'océan Pacifique. Mais comme tout bon patriote US placé face à l'adversité, ils se contentèrent de serrer les dents et maintinrent envers et contre tout leur requête. Une noria de navires divers et variés les emporta donc dans un périple aventureux, vers un avenir aux contours flous.

John Clancy quant à lui n'avait pas souhaité faire partie de la cohorte des nouveaux émigrants. Il ne se sentait pas l'âme d'un pèlerin du type de ceux qui avaient quitté Plymouth en Angleterre en 1620, navigué pendant de longues semaines à bord du *Mayflower*, pour aborder enfin en un point côtier encore anonyme de la future Amérique, lequel serait baptisé plus tard « *Cape Cod* ».

Le but qu'il s'était fixé n'avait pas varié. Il demanda donc une faveur particulière à ses collègues marins : un canot pneumatique bimoteur de grande taille, une barque large destinée à être tractée par le Zodiac, une réserve de carburant, des vêtements imperméables, des cordages, bâches et autres gréements lui paraissant utiles et indispensables. Il obtint en outre l'outillage adéquat pour pallier une avarie imprévue de son embarcation, un stock de provisions de bouche, ainsi qu'un choix de médicaments. La solidarité des gens de mer n'est pas qu'une légende ; on accéda à ses multiples demandes avec enthousiasme et diligence. En prime on lui offrit en emballage cadeau le dernier né des GPS.

A peine l'équipement en sa possession Clancy s'affaira à remplir la barque en veillant scrupuleusement à une répartition optimale des poids sur son fond à la surface plane et le long de ses flancs, réduisant ainsi au minimum les risques de chavirage en cas de forte houle. Quand la dernière caisse se trouva déposée à bord de son « entrepôt flottant » John déplia une large bâche, l'étendit au-dessus du précieux fret jusqu'à le recouvrir intégralement, puis assujettit le tout au moyen de filins élastiques reliés aux crochets et œillets ménagés à cet effet sur les côtés de la bâche et la structure de l'embarcation secondaire.

A vingt mètres de là, au bord du rivage, deux paires d'yeux avaient suivi avec attention les préparatifs de Clancy. Harry le clodo et la petite fille qui avait glissé sa menotte dans celle du lieutenant au moment de son débarquement se tenaient immobiles main dans la main et fixaient avec acuité les faits et gestes de celui qui dans quelques minutes prendrait la mer en solitaire. Le lieutenant venait de mettre le contact et serrait dans sa main la cordelette permettant d'actionner le démarreur. Une pulsion inexplicable poussa l'ex-fouineur de poubelles à agir dans les plus brefs délais.

– Hé Johnny ! t'as quand même pas l'intention de mettre les voiles sans ton pote et la petiote ? brailla Harry, avec un curieux mélange d'espoir et d'anxiété dans la voix. Je sais bien que je ne vaux pas grand-chose mais si c'est pas pour moi… sois sympa et emmène au moins Cassandra ; elle est toute seule…

Clancy se figea, lâcha la manette et demeura quelques secondes inerte et abasourdi. Il semblait tout à coup réaliser à quel point il venait de manquer d'altruisme et de miséricorde.

– Mais non vieille branche, t'en fais pas, je voulais seulement procéder à un essai ! Bien sûr qu'on va partir ensemble ! assura le lieutenant d'un ton péremptoire, mais qui sonnait faux.

C'était en effet un sacré joli mensonge car John n'avait à aucun moment envisagé d'emmener des passagers, tant son esprit était tout entier axé sur le sort de Melody et le désir obsessionnel de la retrouver. L'invective du vieil ivrogne avait produit un choc salutaire et eu le mérite de faire redescendre Clancy de son nuage égocentrique.

Un instant plus tard quelques marins néo-zélandais amenèrent une chaloupe sur la rive et y firent monter Harry et la gamine toujours soudés l'un à l'autre. Après quelques vigoureux coups de rames ils accostèrent le flanc gauche du Zodiac, faisant un peu couiner l'enveloppe caoutchoutée de ce dernier. John paraissait transfiguré. Il leur tendit la main avec bienveillance et les aida à embarquer.

Conrad de Parzham se présenta essoufflé à la porte du Paradis vers 11h45 ce matin-là. Il poussait avec peine un truc métallique à quatre roulettes, d'environ un mètre de haut, grillagé sur cinq faces, muni d'une poignée occupant toute la partie supérieure côté "conducteur" et d'un volet qui semblait amovible, à l'intérieur de la même face. La chose débordait littéralement de paperasse. Il s'arrêta en sueur devant la barrière rouge et blanche abaissée et surveillée par deux anges revêtus de l'uniforme gris réglementaire de l'Administration des douanes.

– Bonjour monsieur, avez-vous des marchandises à déclarer ? demanda le moins gradé des deux fonctionnaires, tandis que son supérieur surveillait la scène de loin, les bras croisés et le regard inquisiteur.

– Ach nein, Herr douanier ! Ze ne zont que tes bedites prochures que ch'ai ramené de la Schweiz ! Z'est pour le fils te Tieu, zavez-fous ?

– Ouais, d'accord, c'est bon, vous pouvez passer ! dit le gabelou, soudain pressé d'en finir avec ce type à l'accent impossible et aux relations haut-placées. Dites, c'est quoi comme genre de véhicule que vous utilisez ?

– Also ja ; das ist ein Caddie que ch'ai embrunté au Supermarkt Coop de Zürich Bahnhofbrücke. Che n'ai bas les papir, entschuldigung !

– Bon, ben… ça va pour cette fois ! fit le garde-frontière, à présent rouge d'exaspération et ne sachant quelle procédure du manuel appliquer à ce cas particulier. Allez, roulez et bonne journée ! conclut-il en levant la barrière.

Conrad salua les deux hommes d'un tonitruant « auf wiedersehen ! » et reprit sa marche vers Eden. Le chef des douaniers attendit qu'il se fût éloigné, esquissa un sourire et confia à son adjoint, avec un fort accent vaudois pas piqué des vers :

– Ben mon vieux, heureusement qu'on n'a pas des clients pareils tous les jours ! Tu te rends compte, Marcel ? On comprend rien à c'qui dit, ce Teuton… Allez viens, on va prendre une pause.

– Dis voir Roger, t'as mis la bouteille de blanc au frais, au moins ? s'inquiéta l'autre.

– T'en fais pas, tout est sous contrôle ! Ça va être comme du temps qu'on était vivants et qu'on bossait à la douane de Vallorbe. Ah, vingt dieux ! le nombre de resquilleurs qu'on a pincés pendant les horaires de nuit avec le coffre de leur bagnoles plein à ras bord de pinard ou d'alcool fort !

– Ouais, d'accord… Mais tu vois on aurait mieux fait de remettre toutes les saisies à notre administration au lieu de consommer la totalité des flacons qu'on avait mis à gauche ! Tu te souviens bien de quoi toi et moi on est morts, ou bien ?

– J'me souviens pas trop pour toi, mais dans mon cas c'était une cirrhose du foie d'anthologie.

– Ben moi, j'te rappelle que j'ai emplafonné un arbre à cent quarante à l'heure avec mon Audi Quattro en rentrant d'un service de nuit. Pourtant cette route je la faisais chaque jours… Quand ils ont analysé mon sang, juste avant de me foutre au frais à la morgue, les morticoles ont tiré une drôle de tronche. Trois virgule cinq pour mille, qu'y z'ont dit les toubibs !

– Ah ouais, j'me souviens à présent, c'est triste mon pauvre… Mais bon, on s'en fout maintenant ! Puisqu'on est tout à fait et définitivement décédés on peut se bourrer la gueule autant qu'on veut ! Allez collègue, à ta santé éternelle ! Goûte-moi ce petit Pinot gris, tu verras, y descend tout seul !

Le conducteur du panier mobile et sa précieuse cargaison arrivèrent sans encombres jusqu'à leur destinataire.

Jésus put constater que la très renommée organisation germanique n'était pas usurpée. Les brochures et autres dépliants touristiques suisses étaient classés d'abord par région linguistique, puis par genre et enfin par ordre alphabétique.

Jaycee complimenta son coursier, le remercia avec chaleur et lui proposa d'aller boire un cocktail d'agrumes bien tassé pour se remettre de son périple suisse-alémanique. Conrad accepta d'aller se désaltérer, à condition qu'on remplaçât le jus de fruit par un demi de bière blonde, allemande de préférence.

Après avoir siroté son breuvage malté et avalé deux énormes bretzels, Conrad inventoria pour Jaycee les lieux que, selon lui, le futur touriste se devrait de visiter durant sa villégiature.

Le futur globe-trotter écouta patiemment cette interminable énumération, réprima en douce quelques bâillements et se vit soulagé quand Von Parzham prit enfin congé, toujours accompagné de son fidèle chariot à provisions.

Il faut avouer que le bienheureux Conrad était affligé

d'un défaut : l'avarice. Il ne comptait donc sous aucun prétexte abandonner la pièce de deux francs suisses toujours insérée dans la fente du Caddie prévue à cet effet et qu'il ferait recracher à son engin à la prochaine occasion.

Le soir dans sa chambre Jésus commença à éplucher la documentation et cette lecture lui fit quelque peu réviser le jugement un peu hâtif qu'il avait exprimé sur la Suisse. Finalement ce petit état regorgeait de sites magnifiques qu'il se promit de visiter.

Un endroit en particulier retint son attention : l'Abbaye cistercienne d'Hauterive, aux environs de Fribourg, dans le canton du même nom, heureusement situé dans la partie francophone du pays. Ouf ! Il n'aurait pas à se ridiculiser en essayant de baragouiner son allemand scolaire.

Sa découverte le réjouit car il s'était promis depuis toujours, dans le cas d'un nouveau séjour prolongé sur la planète Terre de demeurer pendant quelques jours dans un lieu monastique et de faire l'expérience d'une retraite en compagnie d'hommes ayant choisi de se consacrer à Dieu et à ses enseignements.

A la fin de sa lecture il fut définitivement convaincu que cette abbaye représentait un choix idéal, à mille lieues des paillettes et des aspects mercantiles de la défunte et pas trop regrettée Chapelle du Calvaire de Gardena, naguère un des fleurons criards du *church business* californien.

Dans l'hémisphère sud, Clancy explorait méthodiquement chaque îlot. Certains étaient encore peuplés par quelques californiens à l'esprit particulièrement pionnier, résolus à recommencer une nouvelle existence ici. D'autres terres étaient à présent redevenues vierges de toute présence humaine. John et ses compagnons prirent la décision de bivouaquer sur l'une d'elles pour la nuit.

Sitôt l'embarcation posée sur la grève et solidement ancrée, Harry et Cassandra se mirent en quête de bois mort. Leurs efforts se révélèrent payants et quelques instants plus tard la lueur d'un feu de camp illuminait le rivage.

Clancy avait mis à profit ce temps pour remettre un peu d'ordre dans ses affaires personnelles, notamment celles contenues dans les poches de son uniforme au moment du naufrage du Zumwalt. Certaines étaient désormais inutilisables, irrémédiablement corrodées ou effacées par le sel. D'autres avaient souffert de l'humidité mais avaient malgré tout survécu.

John jeta les objets devenus inutiles dans le brasier, replaça le reste dans ses poches et s'approcha du feu pour s'atteler à la préparation du repas. La zone située autour du foyer étant plongée dans le noir il ne remarqua pas qu'un rectangle de carton mince était tombé sur le sable.

Cassandra, depuis le jour de sa rencontre avec Clancy et du haut de ses neuf ans ressentait une affection et une attirance quasi filiale envers lui. Quant à John, il ne s'expliquait pas encore pourquoi il avait spontanément et sans réfléchir pris la gamine sous son aile protectrice.

La fillette et l'officier, sans qu'ils en soient conscients, se ressemblaient pourtant beaucoup. Un trait de caractère commun pouvait toutefois être remarqué au premier abord, même par un béotien confirmé : un attrait certain pour le silence, un côté peu loquace, voire taciturne. Mais finalement pour les personnes sensibles et réceptives les sentiments peuvent s'exprimer et être perçus sans forcément tout et toujours verbaliser.

Cassandra, qui vivait pratiquement dans l'ombre du lieutenant et suivait souvent ses moindres faits et gestes, avait accompagné du regard la silencieuse et virevoltante chute du morceau de papier. Elle demeura impassible lors du repas, dialogua même brièvement avec les deux hommes, tout en observant avec acuité une certaine portion de sable à quelques pas d'elle.

Deux heures plus tard John et Harry avaient sombré dans un profond sommeil et rejoint le monde merveilleux des rêves et de l'irréel. Harry, étendu sur le dos, bouche ouverte et ses mains posées sur sa poitrine, produisait des petits grognements amusants venant tout droit du fond de sa gorge. John quant à lui était recroquevillé comme un fœtus. Il semblait tourmenté.

Cassandra avait feint de sommeiller et attendu patiemment que ses deux compagnons fussent endormis. Elle s'assura que tout était calme, fit furtivement glisser sa couverture sur le côté, se leva sans produire un son et rampa dans le noir à peu près intégral vers un point précis. Elle tâtonna quelques secondes parmi les grains de silice qui produisaient un crissement très discret et finit par s'emparer de l'objet de son désir.

Le foyer rougeoyait encore un peu. Suffisamment pour permettre à la fillette de constater que le bout de carton était en fait une photographie et qu'un visage féminin, au regard d'une tendresse infinie et au profil d'une grâce rayonnante en ornait une des faces.

Sur les lèvres de Cassandra se dessina alors un sourire très doux, alors que ses iris habituellement bleus viraient insensiblement au gris acier. Simultanément son corps se raidit comme si elle entrait en transe. Pourtant elle ne semblait manifester aucune surprise ni aucune terreur face à ce phénomène paranormal, comme si ce qui se passait lui était familier depuis longtemps.

Elle demeura dans cet état cataleptique durant un bref instant, ne semblant pas pouvoir s'en extraire seule. Mais un instant plus tard tout redevint normal. La fillette s'étendit avec calme et sérénité sur son matelas gonflable, tira sa couverture sur elle et entra sans transition dans un sommeil profond.

Aux premières lueurs du jour, alors que les rares nuages qui leur servaient de ciel de lit viraient au rose, Cassandra s'éveilla la première. En silence, les sens aux aguets, elle répéta à l'envers son manège de la nuit précédente et redéposa furtivement le cliché à sa place originelle.

Harry sortit des bras de Morphée un bref instant plus tard. D'instinct et les yeux encore mi-clos il effectua un lent mouvement rotatif du bras tout autour du lui, comme s'il cherchait quelque chose. Mais il ne rencontra que du vide. Emergeant tout à fait de son brouillard il se souvint que depuis belle lurette sa familière bouteille de whisky lui posait régulièrement un lapin.

Clancy émit un grognement, se réveilla en sursaut, grimaça et s'assit sur ses fesses tout en se grattant furieusement le cuir chevelu. Il marmonna un vague “hello”, saisit une savonnette et courut vers l’océan. Lorsqu’il revint le feu avait été ranimé et la bouilloire d’eau qui le surplombait commençait à émettre le son typique signalant qu’elle n’allait pas tarder à atteindre la température souhaitée.

Alors qu’il était assis et sur le point d’apprécier les vertus stimulantes de son premier café, Cassandra retourna discrètement au point de chute du portrait et le recueillit d’un geste prompt. Elle revint vers le bivouac et se planta devant Clancy en lui tendant la photographie.

« C’est à toi ? », demanda-t-elle, sans ajouter le moindre commentaire.

En proie à une confusion extrême, John se sentit rougir. Il saisit la photo avec une certaine brusquerie, puis la fourra d’un air gêné et sans prononcer une parole dans une des poches de poitrine de sa chemise. Cassandra reçut cette froideur teintée d’hostilité comme une gifle et se mura aussitôt dans un silence douloureux et buté. Un ange passa durant quelques minutes. Cassandra, dont les épaules semblaient s’être affaissées sous un poids trop lourd pour elle, lui tournait ostensiblement le dos, tout en s’éloignant d’un pas ralenti et pesant en direction du rivage. Elle pleurait d’un véritable chagrin, sans fard et sans bruit et se sentait abandonnée et trahie.

Troublé par la mine infiniment attristée de la fillette et furieux contre lui-même Clancy se ravisa et opta pour une forme de rédemption. Il marcha vers la petite, s’arrêta à vingt centimètres de son dos et d’un geste tendre un peu inattendu il l’étreignit de ses deux bras en déposant un baiser très doux sur ses cheveux qui dansaient dans la brise marine.

« Pardon... », murmura-t-il simplement.

Cassandra se retourna vivement, rayonnante et comme transfigurée. La colère et le ressentiment s'envolèrent alors dans l'éther pour faire place à une grosse bouffée d'amour.

« Je vais tout te raconter, ma chérie », articula avec peine le lieutenant au cœur romanesque.

Et John, devenu subitement volubile vida en moins de deux heures son sac de peines et découvrit à quel point une confession pouvait apporter une sorte de soulagement et de sérénité.

– A ton tour maintenant, raconte..., dit Clancy, prêt à écouter un autre drame que le sien.

– Je te dirai tout un peu plus tard, c'est promis, répondit la gamine d'un ton tranchant et définitif, plongeant John dans un gouffre de perplexité.

– Tu es décidément une petite personne très intéressante ! Un peu mystérieuse certes, mais passionnante. Je t'admire et... je t'aime beaucoup.

– Moi aussi ! déclara en riant la fillette en déposant deux bises brèves mais bruyantes sur les joues d'un lieutenant heureux, de plus en plus déconcerté et qui en cet instant venait d'obtenir une nouvelle confirmation que les filles s'entraînent dès leur plus jeune âge à mener les garçons par le bout du nez.

Une voix aux accents impatients mit brusquement fin à cet instant de partage et d'intimité :

« Bon les amis, on fait quoi ? On prend racine ou on se bouge ? ».

Harry semblait irrité et manifestait à sa façon son désir d'explorer les territoires restants. Il faut dire que lui aussi caressait un rêve : celui de retrouver son vieux compagnon d'infortune, l'homme au crâne explosé par une météorite de béton armé, son ami Ronnie…

« Puisque je suis ici, pourquoi ne le serait-il pas également ? », extrapolait-il, en repensant à la clarté aveuglante de la lumière blanche.

Une heure plus tard le trio reprit son chemin sur un océan étale. Installée à la proue du canot Cassandra s'amusait entre deux éclaboussures d'écume à imiter la gestuelle de Kate Winslet dans le film *Titanic*, tout en s'égosillant sur la chanson « *My Heart Will Go On* », à un niveau de volume sonore presque aussi décoiffant que celui de la version originale, un tube de plus à l'actif de l'inusable et quelque peu braillarde Céline Dion.

Le spectacle impromptu fit le plus grand bonheur de Clancy, mais moins celui de son système auditif. Harry quant à lui semblait indifférent à cet intermède audio-visuel et demeurait silencieux et prostré à l'arrière du bateau.

A peine le show terminé un nouveau groupe d'îles se profila pile face à l'étrave de l'embarcation. John consulta ses instruments de navigation, releva les coordonnées et les transcrivit avec la plus grande précision sur le journal de bord.

Le Zodiac serpentait à présent dans un étroit chenal séparant deux îlots de moyenne importance. John avait réduit la vitesse, veillant à ce que le fond du canot ne heurte pas un récif ou ne se retrouve ensablé sur un haut fond.

– Dirige-toi à gauche ! intima soudain Cassandra, d'un ton péremptoire.

– Pourquoi à gauche plus qu'à droite ? interrogea le pilote avec un sourire ironique.

– Intuition féminine ! rétorqua simplement la gamine,

adoptant le même ton moqueur.

– A vos ordres, Miss ! conclut le lieutenant rompu à la discipline, en orientant la barre vers bâbord.

Après quelques milles nautiques le canot pneumatique accosta et se trouva bientôt solidement amarré sur la plage de l'atoll.

Cassandra et John firent part de leur intention à Harry d'explorer l'endroit plus en détail, mais ce dernier émit quelque réticence à se joindre à eux.

– Ok, *old chap*, reste tranquillement ici mais garde ton émetteur-récepteur radio allumé et ne t'éloigne pas trop ! ordonna l'officier.

– Vous en faites pas, j'ai aucune envie de crapahuter dans cette contrée où il n'y a même pas un bar ! J'vais plutôt monter la garde avec le flingue à la main, des fois qu'on tomberait sur une peuplade aux mœurs un peu rétrogrades, du genre anthropophage !

– Aucun risque, Harry ! Il n'y en a plus ici ; ils ont mangé le dernier hier soir ! ironisa Clancy.

Le vieux ne semblait pas d'humeur badine. Il balança une série de jurons très imagés à l'adresse du plaisantin et s'enferma dans un mutisme réprobateur, alors que la fillette et John, ayant dépassé la lisière du sable, commençaient à s'enfoncer dans la fraîcheur des frondaisons.

Après deux heures de cheminement Clancy et sa compagne d'exploration n'avaient pas encore rencontré âme qui vive. Cassandra semblait pourtant tendue, aux aguets, comme sous l'emprise d'un sixième sens.

Ils parvinrent ensuite à un embranchement. Deux sentiers étroits leur offraient un choix. Celui de droite semblait mener vers un petit lac et celui de gauche s'enfonçait dans une sorte de jungle touffue et quasiment impénétrable. John paraissait hésiter quant au chemin à suivre, mais encore une fois la gamine força la décision.

– On va à droite !

– Je ne te demande pas pourquoi, cette fois-ci.

– Tu progresses, c'est bien, John ! apprécia Cassandra, d'un ton espiègle.

Ils s'engagèrent donc en silence sur le sentier préconisé par la guide improvisée. Après de longues minutes de marche ils arrivèrent au bord de l'étendue d'eau. La petite avait soudain pâli et ne s'exprimait plus, se contentant de fixer les alentours avec acuité. Le jour vivait ses dernières minutes et la pénombre commençait à descendre sur le lac et ses environs. Harry devait se demander ce qu'ils pouvaient bien foutre… Il l'appela donc au moyen du *talkie-walkie*, lui dit avec calme que tout allait bien et qu'ils rentreraient au campement au cours de la nuit. Il coupa unilatéralement et par prudence la transmission avant de risquer une exposition à une nouvelle bordée d'insultes. Après tout Harry était en sécurité et armé, donc pas trop de souci à se faire.

« On va rester ici un moment et attendre », dit la gamine tout à coup et sans raison, brisant son récent mutisme. John attendait la suite de cette phrase en suspens mais aucun développement n'eut lieu. Un cas de force majeure foudroyant empêchait désormais Cassandra de répondre aux interrogations ultérieures du lieutenant.

Clancy, bien qu'aguerri et peu facilement impressionnable, fit abruptement connaissance avec une facette obscure et méconnue de sa jeune complice.

Impuissant et décontenancé il se retrouva en prise directe avec la soudaine rigidité corporelle et faciale de Cassandra.

Elle semblait flotter dans un univers parallèle et lointain, alors que le bleu de ses yeux virait au gris. Effrayant… Un phénomène susceptible de te foutre le trouillomètre à zéro, mais auquel les manuels militaires réputés pour leur amour du réalisme n'avaient pas pensé, hélas.

Un frôlement fit sursauter Clancy. Quelque chose ou quelqu'un avait remué derrière la barrière de roseaux qui bordait la crique. John, en bon protecteur, saisit vivement la gamine toujours tétanisée à bras-le-corps et tous deux se dissimulèrent derrière un rocher.

Rien ne se passait et l'attente devenait insupportable. L'officier s'efforçait de ne pas bouger et tentait d'étouffer autant que possible sa respiration et même ses pulsations cardiaques.

Soudain le son inconnu réapparut, cette fois plus proche et nettement amplifié. Une ombre ressemblant à une forme humaine avait jailli de la luxuriante barrière de roseaux et se dirigeait à pas mesurés vers la grève. De loin et avec de l'imagination on aurait dit une femme…

Assise à cinquante centimètres derrière la haute stature de Clancy, Cassandra émergeait lentement de sa léthargie. Sa position ne lui permettait pas de distinguer la scène se déroulant tout près de là. Mais en plus elle semblait ne pas s'y intéresser le moins du monde.

Elle étendit son bras gauche et tira avec force sur une des jambes du pantalon de coton beige du lieutenant, lequel tentait d'en apprendre davantage sur la silhouette trop hâtivement entrevue. Celui-ci se retourna en s'efforçant de pondérer ses gestes et constata avec un soulagement mêlé de stupeur que la gamine ne présentait plus aucun symptôme inquiétant. Son corps avait retrouvé une mobilité normale et sa physionomie son aspect originel.

La "revenante" prononça ensuite des paroles à première vue incohérentes et foncièrement inadaptées aux circonstances présentes :

« Le voyage est terminé, John... », se contenta-t-elle de murmurer...

Affolé, John la regardait comme s'il s'était agi d'un fantôme. La crise de tétanie de Cassandra avait dû provoquer chez elle des lésions aux séquelles irréversibles. Sur le visage de Clancy on pouvait lire à la fois du désespoir et de l'impuissance à changer le cours des choses, comme lorsque l'on se trouve seul, face à face avec une personne évaporée dans les limbes de l'aliénation mentale ou un cancéreux en fin de vie.

« Marche vers le lac, tu es attendu... » invita la fillette en esquissant un sourire énigmatique.

John se maudissait en son for intérieur et se demandait pourquoi cette fichue môme hors du commun, assurément à moitié dingue et dont il ne savait pratiquement rien possédait un tel ascendant sur lui. Voilà que maintenant elle le poussait à commettre un acte dont il redoutait les conséquences sans toutefois en connaître les raisons. « Toujours le dernier mot, ces gonzesses ! », pensait-il, débordant d'une rage sourde.

Après un bref dilemme qui enflamma ses circuits cérébraux sa curiosité l'emporta et il se dirigea avec précaution vers le plan d'eau. La forme humaine s'était à présent accroupie, la face toujours tournée vers le lac. Elle semblait laver ou nettoyer quelque chose. Clancy continuait à avancer à pas feutrés et au fur et à mesure de sa progression il eut confirmation que l'être à quelques mètres de lui était bien une femme.

Il se retint d'allumer sa lampe-torche et ce mauvais choix lui coûta de buter bêtement sur une pierre. Par un bel effet de domino le caillou en heurta un autre et le claquement caractéristique qui en résulta fit en un éclair se retourner la femme.

John ne sut jamais si la décision d'allumer enfin sa torche électrique fut dictée par le souci de se rassurer lui-même ou de mettre la personne qui lui faisait face en confiance. Le faisceau lumineux se promena brièvement sur le sol pierreux puis remonta jusqu'au profil de l'inconnue.

Clancy fit connaissance à ce moment précis avec le plus grand choc émotionnel de sa vie. Dans son crâne et en une fraction de seconde les pensées et les interrogations tournoyaient à une allure vertigineuse. L'une d'elles atteignit le bon neurone et il réalisa alors que le destin seul ne serait jamais parvenu à le sauver puis à mettre sur sa route une petite fille aux dons si étranges, dotée de facultés médiumniques et prémonitoires. Harry avait sans doute raison : toute cette entreprise portait sans contestation possible la signature de Dieu and Co.

L'inconnue, éblouie par l'intensité lumineuse, avait placé ses mains devant ses yeux, en guise d'écran. Pour la soulager au plus vite Clancy braqua sèchement le pinceau de lumière vers sa propre personne et simultanément, bien que sa gorge fût bloquée par un mélange d'émoi intense et de stupéfaction, il réussit l'exploit de prononcer une petite série de mots tout simples, mais qui produisirent un certain effet, pour ne pas dire un effet certain.

« Melody… Je t'ai retrouvée, mon amour… »

♥♥♥

Au cours de cette même nuit, dans sa chambre douillette du Paradis, Jésus dormait à poings fermés, la conscience tranquille, lorsqu'il ressentit une sorte de choc douloureux au niveau des vertèbres cervicales, gêne qui le tira du sommeil mieux que ne l'aurait fait n'importe quel réveille-matin japonais à la sonnerie stridente et positivement insupportable. Il pensa en premier lieu souffrir d'un vulgaire torticolis, probablement chopé lors d'une de ses balades à moto. Mais à bien y réfléchir ça ne pouvait pas être ça. Il se concentra davantage et tout à coup des images aux contours très nets s'inscrivirent dans sa tête, comme au cinéma. Il pouvait voir Melody et John, tendrement enlacés près d'un lac… L'image suivante montrait les deux amants serrant contre eux une petite fille qui rayonnait de bonheur.

La contracture musculaire disparut comme par enchantement et Jésus put repartir au pays des songes. Sa mission humanitaire concernant le lieutenant John Clancy de l'US Navy avait été menée à bon terme.

Bien que profondément endormi il souriait encore et son sourire était tellement sexy qu'une ou deux assistantes très personnelles de son Père se seraient sans hésitation et dans un élan superbe portées volontaires, même en dehors des heures de bureau, pour découvrir, alimenter et satisfaire avec un enthousiasme sans faille les préférences sexuelles, voire les fantasmes les plus inavouables du dormeur. C'est vrai tout de même ! T'es une nana, t'as un beau mec sous la main et tu t'en servirais pas ? Non mais allô, quoi !

# Chapitre 8

Les dernières semaines avaient été plutôt calmes à Eden City et les principaux protagonistes paradisiaques, bercés par l'inaction, commençaient à s'encroûter dans un confort paradisiaque bourgeois. Ce fut Dieu qui décréta de manière unilatérale la fin de cette récréation oisive. Un matin il pénétra comme un intrus et sans autorisation préalable dans l'appartement de son fils.

– Mon p'tit gars, va falloir songer à préparer tes bagages, la douce Helvétie te tend les bras !

– Ah ben c'est pas trop tôt ! répondit Jaycee en baillant à se décrocher les maxillaires. J'ai bien cru que tu avais changé d'avis et que l'aventure était terminée.

– Oh que nenni, mon JC ! Je te promets une suite palpitante, tu verras ! En attendant voici ton passeport suisse. C'est quand même chouette d'avoir parmi nos âmes des faussaires repentis. Ils ne savent plus quoi faire pour se faire pardonner, alors je dois dire que j'en profite un peu. Vise un peu ce document ! Bien foutu, non ? Biométrique et tout le bazar ! Ils m'ont garanti que même le plus tatillon des fonctionnaires des douanes n'y verrait que du feu ! Et mate un peu la photo !

– Mouais… pas terrible ma tronche. On dirait que je fais la gueule…

– Va dire ça aux Suisses ! Ce sont eux qui demandent une photo de face et sans aucune expression. Interdiction de sourire !

– J'espère que dans ce pays et dans la vie quotidienne on a le droit de se dérider un peu, lâcha Jésus, très sarcastique.

– Mais oui, mon grand, ne t'en fais pas ! Les petits suisses sont un peu froids et distants au premier abord, mais une fois qu'ils t'auront adopté tu verras, ils adorent rigoler et sont fidèles en amitié. Une petite question : tu pars bien avec ta moto ?

– Après réflexion, non ! Vu le climat changeant qui règne là-bas je suis davantage tenté par la conduite d'une bagnole. Une petite décapotable sympa, genre Mini Cooper.

– D'accord petit frimeur, acquiesça Dieu tout guilleret. Je vais demander à mes "artistes" de t'établir un permis de conduire et tout ce dont tu pourrais avoir besoin pour demain matin ! En attendant je te souhaite une bonne nuit ! Demain dans la journée je t'expédie au pays des montres, des vaches, des couteaux multifonctions et du chocolat au lait.

Un dernier petit conseil : lors de ton périple essaie de faire un détour par le village de Gruyères. A part le fait d'être un endroit sublime, on y mange deux spécialités à damner un saint : la fondue fribourgeoise et les meringues à la crème double. C'est bourré de calories, mais c'est foutrement bon.

Encore un détail et je dégage : de quelle couleur tu la veux, ta Mini ?

– Vert anglais, avec les sièges en cuir noir carbone, ça serait parfait…

Avant de quitter la pièce Dieu déposa un baiser paternel sur le front de son gosse. Il l'enlaça ensuite avec une tendresse plus marquée que d'habitude, comme s'il avait désiré par ce moyen lui transmettre un autre message crucial, un indice supplémentaire. Mais Jésus n'était pas réceptif à cet instant précis et la communication muette demeura lettre morte.

Dans l'archipel de Miracle Islands Melody, Cassandra et Clancy avaient quitté au lever du jour les rivages du lac et s'en revenaient tranquillement vers le campement où le pauvre Harry devait assurément se morfondre. Lorsqu'ils arrivèrent sur place ils remarquèrent deux sacs de couchage déployés côte à côte. Jusque-là cela pouvait sembler normal. Ce qui l'était moins résidait dans le fait que les deux places étaient occupées…

Ils s'approchèrent avec précaution et en silence. Harry était étendu sur le dos, profondément endormi et il ronflait bruyamment. La couche voisine était occupée par un inconnu de sexe masculin, entre deux âges, qui sommeillait l'air béat dans une posture proche du chien de fusil. Entre les deux gisants se détachaient distinctement les cadavres de deux bouteilles de whisky.

Clancy se rapprocha davantage. Contrairement à ses craintes ses narines ne furent aucunement agressées par une quelconque haleine imbibée d'alcool. Rassuré sur ce point John, d'un index placé devant sa bouche invita ses accompagnatrices à faire preuve de la plus grande discrétion, afin de respecter le sommeil des deux bonshommes.

« Mesdames, je vous ai raconté mon aventure en chemin. Pardon à Cassandra pour l'avoir obligée à l'entendre une seconde fois… A présent j'aimerais entendre votre histoire récente, tout cela est tellement fou… », demanda John en s'asseyant sur une grosse branche venue finir son existence sur le sol sableux.

La première à s'exprimer fut Melody. Les images semblaient se succéder comme un film dans son cerveau alors qu'elle se remémorait sa dernière journée, juste avant le cataclysme. Elle se souvenait du coup de téléphone urgent émanant d'une de ses collègues, enseignante comme elle, vivant aux environs de San Francisco et qui la suppliait de venir la voir au plus vite. Elle avait sauté dans le premier avion en partance de Seattle, ville où elle et John habitaient et rejoint son amie, laquelle se trouvait en pleine dépression nerveuse. Elle était demeurée auprès d'elle, la réconfortant tant bien que mal. Et puis durant la nuit se produisirent des secousses sismiques d'une intensité jamais vue. La maison, pourtant construite selon les normes anti-telluriques les plus récentes, s'écroula d'un coup et les ensevelit sous plusieurs tonnes de gravats. Melody évoqua ensuite leur mort à toutes les deux, puis une sorte de tunnel sans fin, éclairé par une ardente lumière blanche…

« Ensuite, plus aucun souvenir, jusqu'à mon réveil sur cette île, mais aucune trace de ma collègue… La situation était si extraordinaire et inexplicable que j'ai vite cessé de me poser des questions. J'ai préféré axer mes pensées vers John à chaque minute. J'ai prié pour que rien ne lui soit arrivé. J'avoue quelquefois avoir perdu l'espoir de le revoir, mais une sorte de voix me soufflait que je me trompais… Elle avait raison cette voix finalement… », conclut la jeune femme entre rires et larmes, en se blottissant un peu plus fort contre la poitrine de son lieutenant. On se serait cru dans un roman-photo italien des années 50, âge d'or de la presse pour midinettes en quête de romantisme et de rêves pas encore brisés par la réalité de la vie.

Ce fut le tour de Cassandra. Elle raconta un début d'enfance fait de bonheur et de joie, jusqu'au jour funeste où on lui annonça que ses parents avaient été tous deux victimes d'un accident de la route… Son visage s'imprégnait progressivement de gravité et de tristesse alors qu'elle décrivait son départ pour le domicile de ses grands-parents maternels, deux vieilles peaux enracinées dans un traditionalisme primaire, indifférents à tout sauf aux choses matérielles, qui l'avaient recueillie plus pour palper les indemnités que par pure affection.

Peu après avoir fêté ses six ans, une certaine nuit, aux environs de vingt-deux heures, alors qu'elle ne pouvait trouver le sommeil et qu'elle contemplait par la fenêtre de sa chambre la ville assoupie, il s'était passé une drôle de chose : sans aucun signe annonciateur son corps s'était raidi, jusqu'à la paralysie totale. En catalepsie et incapable de prononcer une parole, ne serait-ce que pour demander de l'aide elle avait eu pendant quelques secondes une vision crue, terrifiante, d'une précision implacable : un camion rouge semi-remorque, aux plaques ornées du texte « Grand Canyon State » venait de rater un virage pour ensuite dévaler la pente et s'écraser au fond d'un ravin. Elle avait même reconnu l'endroit : une route de montagne pas très éloignée de son domicile.

Elle n'osa pas en parler à ses grands-parents, sans doute par peur qu'ils ne la déclarent mentalement dérangée et ne la fassent enfermer dans une institution spécialisée.

Le lendemain soir la chaîne de télévision locale fit état dans sa rubrique des faits divers d'un accident impliquant un poids lourd. Rien de bien spécial car les événements de ce genre sont hélas fréquents. Sauf que… le camion était un véhicule semi-remorque de couleur rouge, immatriculé en Arizona et qu'il se trouvait précisément au moment de son dérapage sur la portion de route qui était apparue dans la représentation visuelle de la jeune fille.

Des épisodes similaires se renouvelèrent à plusieurs reprises au cours des trois ans qui suivirent mais jamais la petite n'en souffla mot à quiconque, tant elle se sentait à la fois terrifiée et subjuguée par ce “ don” hors du commun. Et puis il faut dire qu'à force de côtoyer des grands-parents tellement ancrés dans leurs certitudes, elle avait dû se résoudre à barricader son jardin secret et à s'enfermer dans un mutisme absolu au sujet de ces manifestations surnaturelles, ne serait-ce que pour se protéger.

Puis survint la vision du dernier jour d'une vie : sa protagoniste était une enfant solitaire aux contours indistincts, qui improvisait pour elle toute seule en cette journée étouffante des scènes de théâtre sur le béton surchauffé du vaste *flood canal*[2], la plupart du temps desséché et rempli de détritus divers, qui étendait sa balafre cimentée juste à proximité de son lieu d'habitation.

La vague résultant de la rupture des barrages et réservoirs de Lake Arrowhead et Big Bear Lake, suite aux secousses telluriques répétées, se dirigeait à cet instant précis à une vitesse inimaginable en direction de la ville de San Bernardino.

---

[2] Canal d'inondation ou canal de crue. Ouvrage destiné à concentrer et canaliser les eaux en cas de crue subite et importante afin d'éviter la submersion des zones habitées. On en rencontre fréquemment en Californie du Sud.

La fillette était toujours plongée dans son jeu de rôles. Soudain un grondement sourd se fit entendre derrière elle. Elle se retourna et hurla comme une damnée…

La dernière image perçue par son cerveau consistait en une masse gigantesque, écumeuse et invincible, mélange d'eau boueuse et de débris de toutes tailles, qui la ballotta un instant à sa surface, pour ensuite l'emporter avec elle, avant de l'absorber et l'engloutir à jamais.

Cassandra mourut ce jour-là… Les deux grigous qui l'hébergeaient n'eurent pas le temps de verser une larme, même feinte. Les flots impétueux dépassèrent sans aucun respect leur cote maximale et envahirent l'habitation toute proche. L'inondation généra un court-circuit, dont les étincelles se muèrent rapidement en incendie. Le tout se termina en un magnifique feu d'artifice lorsque les flammes se mirent à lécher la bonbonne de gaz butane, logée sous l'évier de la cuisine. Papy et Mamy ne connurent donc jamais la conclusion du talk-show quotidien qu'ils regardaient religieusement sur Fox TV, la plus réactionnaire, pour ne pas dire fasciste des chaînes sévissant sur les réseaux américains.

Puis après la mort survint une sorte de voyage aux contours flous et à la durée indéterminée, baigné par une clarté aveuglante, mais étrangement empreint d'une sérénité rassurante. Lorsque la lueur immaculée prit fin Cassandra gisait sur le sol d'une terre inconnue en compagnie d'humains qui semblaient encore en état de choc. Un peu plus tard, au fur et à mesure que les langues se déliaient, on découvrirait avec un ébahissement grandissant que tous sans exception avaient suivi ce parcours inexplicable.

La conclusion du récit de la fillette allait marquer John de façon indélébile et lui confirmer que dans cette histoire il avait bel et bien été manipulé par des instances supérieures, pour son plus grand bien.

Un jour ou deux après son “retour” parmi les vivants Cassandra eut en effet une nouvelle vision : celle d’un bâtiment de guerre américain submergé par une vague arrière géante. A la poupe du navire elle distinguait clairement un nom : *USS Zumwalt*. Elle vit ensuite le destroyer disparaître dans les profondeurs de l’océan et un unique rescapé qui luttait contre les remous provoqués par le naufrage, seul sur un frêle radeau. Ce personnage ressemblait étrangement au lieutenant John Clancy. Lorsque ce dernier, à la fin de son expédition en solitaire, aborda la terre et débarqua comme un extraterrestre au milieu de la clairière, la petite décida tout naturellement d’unir son destin au sien, sans chercher à approfondir les raisons de son acte.

Nous jetterons un voile pudique sur l’épisode qui s’ensuivit. Nous révélerons simplement que Cassandra au terme de ce chemin trouva une nouvelle famille.

Un bâillement sonore résonna en provenance directe des sacs de couchage. Harry, encore un peu englué dans ses songes, s’étirait tel un félin qui aurait passé une semaine recroquevillé dans une cage trop exiguë.

– Ah vous êtes enfin de retour, bande de lâcheurs ! j’ai failli attendre ! Vous ne devinerez jamais ce qui m’est arrivé hier soir alors que vous jouiez aux petits explorateurs ! C’est du lourd, ce scoop !

– Tu as retrouvé Ronnie… dit Cassandra d’un ton calme et assuré.

– Ah ben merde alors, comment tu le sais ? s'étonna le vieil homme.

– Je le sais c'est tout… éluda la gamine qui ne ressentait aucune envie d'épiloguer sur un sujet dont elle estimait avoir déjà parlé en surabondance.

– Ben oui, mon pote est là ! J'ai d'ailleurs failli le buter avec ma carabine, le pauvre… Figurez-vous que cet empaffé a surgi de la forêt comme un diable d'une boîte alors que j'allais commencer à pioncer. Heureusement qu'il a une meilleure vue que moi ! Il a gueulé mon prénom juste avant que j'appuie sur la détente. Un dixième de seconde de plus et il se serait pris quelques pruneaux dans le buffet et il serait clamsé, mais cette fois-ci de manière définitive ! Et c'est pas tout ! On croyait l'atoll désert… eh ben pas du tout ! Figurez-vous qu'on y a retrouvé une douzaine de gus et de nénettes qui se baladaient !

– C'est quoi les deux bouteilles de whisky ? s'enquit John, qui se retenait de rire comme à chaque fois que Harry parlait dans son langage fleuri.

– Ah, ça ? C'est rien, faut pas te faire du souci, Johnny ! C'est de l'eau de source que Ronnie avait trouvé en chemin. Et comme il est mort avec deux boutanches vides dans sa besace… eh ben… il est ressuscité avec ! C'est pas con d'avoir pensé à les garder, hein ? Tu sais quoi ? Eh ben finalement l'eau, c'est pas si infect !

Quelques jours s'écoulèrent durant lesquels les habitants de l'atoll décidèrent à l'unanimité qu'ils avaient suffisamment traîné leurs guêtres et leur misère en ce lieu et qu'il était temps pour eux de se faire rapatrier dans des contrées plus civilisées.

La marine néo-zélandaise accéda à leur désir sans délai

et un beau jour un navire spécialement affrété les emmena vers les destinations souhaitées. Hors de question bien sûr de se rendre en Californie du Sud, pour les raisons que l'on connaît, pour autant que l'on ait pris la peine de lire attentivement ce merveilleux roman.

Il y eut néanmoins quelques réfractaires parmi le troupeau des joyeux touristes sur le départ.

John, Melody, Cassandra, Harry et Ronnie ne se portèrent pas volontaires pour un retour à une existence ouatée et confortable car quelques jours plus tôt ils avaient pris l'initiative de contacter les instances politiques de Nouvelle-Zélande et contre toute attente avaient obtenu un rendez-vous.

Un hydravion de l'armée avait dans la foulée emmené Melody et John à Wellington.

L'idée que Clancy et sa compagne avaient exposée aux dirigeants était simple : ils projetaient de créer un hôtel de luxe sur l'atoll. Même si une grande partie des humains avait laissé des plumes dans les catastrophes qui avaient récemment secoué le monde, il resterait toujours assez de nantis, de snobinards et de blasés résolus à tenter de tromper leur ennui ou à se faire remarquer dans un endroit qu'ils seraient parmi les premiers à étrenner. John semblait avoir bien assimilé cette facette de la connerie humaine.

Les autorités écoutèrent l'exposé avec une politesse teintée de méfiance et d'un brin de sarcasme. Clancy ne semblait pas du tout préoccupé par l'attitude désinvolte de ses auditeurs. Il décida de porter son estocade. En souriant il brancha son ordinateur portable sur le projecteur vidéo et lança sa présentation. Il paraissait très à l'aise dans son nouveau rôle de collecteur de fonds. Le texte de son unique slide se projeta sur la surface blanche et perlée de l'écran mural.

- La Nouvelle-Zelande revendique et obtient la souverainete absolue sur cet atoll (et d'autres si necessaire).
- Aucun autre pays ne possede de territoires dans ces parages, donc pas d'opposition a craindre.
- Les iles ne representent aucun interet strategique. Pour memoire les USA, la Russie et la Chine ne sont pas en mesure pour le moment de contester quoi que ce soit.
- La Nouvelle-Zelande s'investit dans le projet en finançant les travaux : (batiments legers style bungalow, equipements sanitaires et ceux relatifs a la fourniture d'energie et telecoms, heliport, amarrage pour navires de moyen tonnage). L'Etat demeure le proprietaire final du complexe hotelier et des infrastructures associees.
- Environnement/Ecologie : les bateaux a moteur prives et la peche sont proscrits. Les diverses especes animales, les vegetaux et les coraux sont proteges et places sous stricte surveillance.
- Le projet cree des emplois et contribue a diminuer le taux de chomage.
- Last but not least : pensez aux rentrees fiscales et autres retombees financieres !

La réponse positive du gouvernement néo-zélandais parvint dans un délai assez bref à John et ses associés, par le biais de leur poste émetteur-récepteur. Les grandes puissances, ou plutôt ce qu'il en restait, ainsi qu'une large majorité des autres états ne se firent pas prier pour entériner l'autorité de la Nouvelle-Zélande sur l'archipel. Tous avaient d'autres chats à fouetter dans l'immédiat. On n'allait donc pas se prendre le chou pour quelques grains de sable paumés au fin fond de rien et aux ressources insignifiantes. Pas de pétrole, d'or, de diamants ou de métaux lourds, genre uranium. Donc rien qui puisse susciter un quelconque intérêt financier.

Dès qu'ils connurent l'information, Harry et Ronnie ne purent s'empêcher, pendant quelques minutes qui parurent fort longues à leurs compagnons, d'exécuter des mouvements désordonnés et arythmiques qu'ils osèrent sans aucune honte qualifier de “danse”. La conclusion de cet intermède prouva encore une fois que certaines choses font du bien quand elles s'arrêtent.

Etant donné qu'il avait été porté disparu par les autorités de son pays, Clancy ne possédait presque plus d'existence légale. Dans quelques mois lui et ses amis présenteraient une demande de naturalisation en bonne et due forme à l'état qui désormais allait administrer ce nouveau territoire.

Une nouvelle vie allait pouvoir commencer… Pour certains individus cette renaissance ne se situerait pas du tout dans l'au-delà, mais bel et bien ici-bas, en contradiction totale avec ce qu'on nous avait fait gober depuis des siècles. Quelques miraculés se demandaient avec anxiété quelles auraient été les réactions de leurs guides religieux, si d'aventure ils avaient osé relater leur odyssée. D'autres un peu plus facétieux avaient pour dessein un brin sadique de tout leur déballer à la première occasion, rien que pour voir leur mine et mesurer leur degré de doute.

Au Paradis, quelques jours auparavant, Jaycee, affairé à peaufiner les derniers préparatifs précédant sa cure de repos en Suisse, avait découvert un peu tardivement un détail troublant : si on les réduisait à leurs seules initiales John Clancy et Melody donnaient respectivement "JC" et "M"... Marrante, cette coïncidence... Mais en était-ce bien une ?

Lorsque l'on se trouve mêlé à des affaires régies par Dieu il est permis d'en douter. C'est donc un Jésus plongé dans un abîme de perplexité qui se remit à entasser un peu distraitement ses effets personnels dans un sac de voyage.

Un instant plus tard Dieu fit irruption dans l'appartement de son jouvenceau. L'air fier assorti d'un soupçon de vanité il tenait à la main un portefeuille en box-calf et une sorte de petit porte-monnaie orné de l'ancien drapeau anglais. Il tendit l'ensemble à Jésus, auquel l'anachronisme n'échappa pas.

– Y'a pas une erreur par hasard ? La bannière a changé récemment, non ?

– Je sais, je sais... répliqua le paternel, en imitant la voix de Jean Gabin. Mes faussaires n'ont pas réussi à trouver un modèle mis à jour. Selon eux ce sont les British qui ont un peu de mal à s'accoutumer au changement, ils sont tellement conservateurs !

– C'est pas grave, papa, c'est gentil d'avoir pensé à un petit cadeau.

– A l'intérieur tu trouveras des francs suisses, une carte de débit direct et deux cartes de crédit. Cela te permettra de passer un séjour confortable car je me suis laissé dire que la vie est plutôt chère chez les Helvètes.

– Wow ! Merci c'est génial ! Mais... comment as-tu réussi à obtenir de l'argent et des cartes ?

– Eh bien, comme tu le sais je suis Dieu, donc tout puissant... D'une part je me suis acoquiné avec mes fameux contrefacteurs pour fabriquer les documents d'identité, les cartes bancaires et le permis de conduire. D'autre part un de nos correspondants sur place, dûment muni de faux documents, s'est occupé du reste, comme entre autres d'ouvrir et d'approvisionner ton compte à la banque. Une seule pièce n'a pas été fabriquée, car inutile à mes yeux.

– Ah bon, laquelle ?

– La carte prouvant ton affiliation à une Caisse-maladie, bien que dans ce pays ils soient assez à cheval sur l'obligation d'être correctement assuré contre à peu près n'importe quoi, sauf peut-être contre la connerie humaine. Mais vu ton statut d'immortel... je n'ai pas jugé nécessaire de la joindre.

– Ah oui, c'est pas faux, reconnut Jaycee. Mais qu'entends-tu au juste par « le reste » ?

– Ben... ta fameuse Mini ! Mon commis a d'abord acheté tout à fait légalement la bagnole, à son nom, ensuite il a contracté une assurance voiture et enfin le garage s'est occupé de l'immatriculation, du permis de circulation et de la carte verte d'assurance. Tu prendras livraison du véhicule et de ses documents dès ton arrivée, tout est arrangé.

– Presque tout ! corrigea vivement Jésus. Pour la

voiture je comprends, mais… je suis censé avoir quelle identité sur Terre ? Je veux dire quel nom je vais porter ? Dupont, Smith, Meier ou… Yamonauto ? s'esclaffa l'impertinent à l'excellente mémoire.

– Pffff… Ah, c'est drôle ! Rien de tout ça ! Ce sera Jay Christ, tout simplement !

– Christ ?! T'as pas peur que ça fasse un peu bizarre ? Les gens vont se poser des questions, non ?

– Aucunement ! Tu penses bien que je me suis renseigné avant d'agir ! Rien qu'à Genève vingt-huit personnes possèdent ce patronyme et vingt-quatre à Zürich ! Et cerise sur le gâteau une entreprise réputée en montres et bijoux porte ce nom ! Donc tu vois, c'est assez répandu et personne ne va s'interroger !

– Chapeau, papa, tu es vraiment le meilleur ! Et elle se trouve dans quel endroit, la Mini ?

– A l'agence officielle de Gland, dans le Canton de Vaud, entre Genève et Lausanne. Le petit porte-monnaie servira à ranger les clés de ton bolide.

– Comment ça mon bolide ? D'accord, une Mini c'est assez nerveux, mais de là à prétendre que c'est une Formule 1 il y a de la marge !

– Disons que mon envoyé s'est un peu lâché. C'est un amateur de petites voitures puissantes, alors il a choisi une Mini Cooper SD Cabrio, 170 CV, avec toutes les options ! Une vraie petite bombe, selon lui !

– 170 CV ? Oh purée, je l'adore déjà ce bienfaiteur ! conclut Jaycee en sautant au cou de son père.

– Ouais d'accord, mais fais gaffe à ne pas trop appuyer sur le champignon ! Je n'ai aucune envie que tu blesses quelqu'un, ou pire. Déjà que Saint Pierre me gonfle avec ses admissions, ses heures supplémentaires et son manque d'effectifs, on va pas lui donner une autre occasion de râler à ce vieux schnock ! Il faut que tu saches qu'en Suisse on ne rigole pas du tout avec ceux qui dépassent les limitations de vitesse. Ils ont récemment créé un truc nommé *Via Sicura* et je peux t'assurer que les contrevenants qui se font gauler sont sévèrement punis, avec des peines parfois plus fortes que celles infligées à des vrais criminels. Dans le meilleur des cas, ça se règle avec un retrait de permis et une forte amende. Si la faute est jugée plus grave on séquestre en plus ton véhicule et on te fout en taule ! T'as sûrement pas envie de finir tes vacances à pied ou entre quatre murs, tel que je te connais. Sans compter que cette foutue bagnole m'a coûté un bras, alors vas-y mollo !

– Promis, papa, je serai exemplaire ! Mais si la nouvelle loi n'est pas une mauvaise idée en soi, je trouve quand même que les législateurs ont un peu exagéré les mesures répressives !

– Je ne voudrais pas paraître raciste mais… faut reconnaître que la Suisse c'est 60 % de Germains. Et ces peuples adorent la discipline ! A présent enfonce-toi bien ça dans le crâne : 120 km/h sur autoroute, 80 sur les routes nationales et 50 dans les localités. Et pour les exceptions tu n'as qu'à regarder les panneaux. Voilà, c'est tout ! N'oublie pas que je peux tout voir, alors pas de tentatives d'entourloupettes !

– Tout va bien se passer, je t'en donne ma parole. Tes espions n'auront rien à se mettre sous la dent ! affirma-t-il avec un brin d'ironie acide. Bon, c'est pas tout ça ! Tu vas me larguer à quel endroit, cette fois ?

– T'inquiète pas mon grand, ce sera un lieu discret et peu éloigné du concessionnaire Mini, je sais que la marche c'est loin d'être ta tasse de thé ! Tiens-toi prêt, dans une heure je te propulse en terre helvétique ! Je suis persuadé que ton séjour va te laisser un souvenir impérissable et qui sait… changer ta vie… Ciao, Mister Christ, à plus !

Ainsi fut fait et Jésus, alias Jay Christ se retrouva une heure et des poussières plus tard au milieu d'un bosquet discret, jouxtant une route secondaire. Il y régnait une température agréable et le soleil se glissait entre les arbres en produisant de très jolis faisceaux de lumière. Il constata avec satisfaction que son bagage l'avait accompagné et qu'il n'aurait pas à aller pousser une gueulante au Service des effets perdus du Paradis, appelé ainsi car les fonctionnaires qui y sévissaient, nommés à vie, manifestaient un laxisme de bon aloi, doublé d'une incompétence chronique et ne retrouvaient que rarement ce pour quoi on les rémunérait. On aurait peut-être dû les privatiser, ces gros paresseux englués dans leur routine ! Dieu parfois se montrait trop tolérant…

Jésus parvint à la lisière de la zone boisée. Sur sa gauche s'étendait une chaîne montagneuse de moyenne altitude. Sur sa droite il pouvait distinguer l'étendue calme aux reflets chatoyants d'un lac. N'ayant aucune envie de se tromper il consulta le smartphone spécial qu'il avait pris la précaution d'emporter. Une petite pression légère sur l'icône "plans" suivie de quelques lettres alignées dans le champ “recherche” lui fournirent la direction à suivre.

Comme promis par Dieu, le garage se trouvait non loin de là. Le futur ex-piéton pénétra d’un air détaché dans l’immense hall garni d’automobiles de toutes sortes. En consultant les caractéristiques et les prix apposés derrière le pare-brise de chacune d’elles il estima à juste titre que certains acheteurs locaux ne devaient pas être trop gênés aux entournures question finances et il comprit mieux ce que son père avait voulu dire avec son histoire de « coûter un bras ».

Un vendeur remarqua l’arrivée du visiteur et s’approcha de lui, d’une démarche un peu bizarre. Il ondulait littéralement du croupion et sa gestuelle tout entière était… disons… précieuse, pour ne pas dire efféminée. Il était chou tout plein dans son veston noir assez cintré, son pantalon gris qui moulait ses petites fesses rondes et rebondies, sa mignonne chemise rose pâle et sa jolie cravate rouge aux motifs abstraits. A côté de cette gravure de mode Jaycee avait l’air de sortir d’une poubelle. Sur le veston du type était agrafé un badge portant le logo de la marque, ainsi que son prénom. Pas de nom de famille mais on s’en foutait un peu de ce détail.

– Bonjour ! gazouilla-t-il en humectant ses lèvres. Que puis-je faire pour vous, Monsieur ?

– Bonjour… euh… Damien ! Je me nomme Jay Christ et je viens prendre livraison de mon véhicule : une Mini Cooper SD Cabrio verte. Elle est prête ?

– Aaaah mais vouiiiiii, elle vous attend avec impatience ! minauda l’éphèbe en fixant Jaycee avec gourmandise. Venez avec moi, s’il vous plaît, nous allons à l’entrepôt ! Ah, vous verrez, elle est tellement sexy cette voiture, hmmm ! Peut-être un peu juste au niveau des sièges et de l'espace intérieur en général, mais sinon elle est paaarfaite !

– Je vous suis, Damien, répondit Jaycee avec une certaine méfiance car il se demandait quelle idée avait bien pu venir à l'esprit de ce petit canaillou de vendeur lorsqu'il évoquait les banquettes et la place disponible dans la bagnole.

Deux minutes plus tard Damien achevait d'ôter la bâche qui protégeait la carrosserie des agressions extérieures. C'est vrai qu'elle avait un look sympa cette petite décapotable. Le genre de tas de tôle dont curieusement on peut s'éprendre parce qu'il semble posséder une âme…

– Voilà Monsieur, j'ai tout vérifié et tout est en ordre ! On va l'essayer ensemble ? proposa Damien d'une voix qui se voulait tentatrice. Je peux vous appeler par votre prénom ? Sûr ? Ça ne vous dérange pas ? ajouta-t-il, les yeux brillants de convoitise.

– Pas de problème, Damien… Bon ! On va le faire cet essai ? Je conduis, d'accord ?

– Mais Jiji, c'est votre voiture, vous savez ? C'est vous qui commandez et moi j'obéis ! dit encore le vendeur un brin particulier, dans le cerveau duquel circulaient en ce moment des images à forte connotation sadomasochiste, son excitant favori.

Jaycee avait décidé de n'emprunter que des routes secondaires, moins riches en trafic et en radars. La Mini se révélait en effet une vraie petite bombe et collait littéralement à la route, même dans les virages les plus serrés. Sur le siège opposé le pauvre Damien, de plus en plus pâle et en proie à un début de nausée, devait regretter amèrement sa proposition de tout à l'heure. Jésus s'en aperçut et leva le pied, par miséricorde certes, mais aussi parce qu'il ne souhaitait pas voir l'habitacle souillé par des déjections.

Durant le trajet de retour Damien tenta de poser une main exploratrice sur le genou droit de son conducteur et fantasme du moment, comme s'il cherchait à atteindre un accessoire indispensable à la conduite.

« T'as pas de bol, mon petit chou, je ne fais pas partie de ton club, alors je t'en prie, enlève ta paluche », exigea sobrement Jaycee avec un regard suffisamment persuasif pour couper de manière un peu abrupte mais définitive les envies de rapprochement de son passager. Damien était habitué à ce genre de rebuffade ; il retira sa menotte aux ongles soigneusement manucurés et se contenta de regarder la route.

Une fois les dernières formalités remplies et les ultimes consignes et conseils prodigués par son vendeur devenu subitement moins empressé et plus distant, Jésus quitta la concession sans tarder et s'engagea sur la bretelle d'entrée de l'autoroute, direction Fribourg, via Lausanne. Il avait hâte de découvrir l'Abbaye d'Hauterive.

Damien quant à lui, dans le silence des WC de l'agence, le regard un peu voilé par la déception, se repoudrait avec langueur et ajoutait une nouvelle couche de mascara noir sur ses cils. Puis il se souvint que dans moins de deux semaines viendrait le temps des vacances. A Mykonos, entouré d'une petite cour de ses semblables il pourrait alors oublier l'homme à l'attrait énigmatique qui ce matin avait chamboulé ses sens. Une nouvelle pierre dans le jardin des homophobes : les déchirements du cœur ne sont pas réservés aux seuls hétéros.

Jaycee de son côté progressait tranquillement sur l'autoroute A12 qui relie Vevey à Berne. Il se trouvait à présent au début de la verdoyante région de la Gruyère et appréciait au fil des kilomètres, outre les performances de son cabriolet, la sérénité et la douceur de ces paysages vallonnés, proprets et tranquilles, parsemés de petites constructions qui ressemblaient de loin à des modèles réduits posés sur un tapis vert, de champs alignés au cordeau et de bovins placides qui broutaient paisiblement non loin d'une voie de chemin de fer qui semblait avoir été construite ici rien que pour leur plaisir visuel.

Un peu auparavant Jésus avait fait halte dans un relais autoroutier, lequel proposait à la vente des produits alimentaires locaux et des souvenirs typiquement suisses, très kitsch et fabriqués pour la plupart en Asie. Il trouva cela incongru mais fit tout de même l'emplette d'une boule à neige à l'intérieur de laquelle était enfermé un petit Saint-Bernard en plastique muni de son tonnelet traditionnel. Arriva le moment du paiement… De nombreux acheteurs s'agglutinaient devant le comptoir et la préposée très sollicitée sentait monter en elle un stress grandissant, tension encore renforcée devant l'impatience chronique de certains consommateurs. Quand notre voyageur se trouva à sa hauteur elle ne fit aucune exception à sa routine et encaissa comme un robot le montant de son achat. Mais en plaçant l'argent dans le tiroir-caisse une pulsion indéterminée lui fit lever les yeux. Elle se figea l'espace d'une seconde puis gratifia le privilégié d'un sourire timide et fugace. Jaycee n'était pas à proprement parler un sex-symbol, mais il émanait de sa personne un rayonnement solaire, un charme et une séduction indubitables. Ce type semait sur sa route des phéromones et de la sympathie comme un noisetier son pollen.

Il eut à peine le temps de rendre son sourire à la caissière en uniforme rouge carmin, déjà replongée dans son rythme infernal. Dommage que tous deux n'aient pas disposé d'une parcelle supplémentaire de temps pour se dévisager plus longuement car le cours de leur existence aurait sans doute été modifié. Hélas, tant que le destin décrète que la bonne heure n'a pas sonné il faut se plier à la rigueur souvent injuste de sa loi.

L'insouciant Jésus reprit sa route. Quelques minutes plus tard, se fiant aux indications du GPS serti dans le tableau de bord de la Mini, il emprunta la bretelle de sortie indiquant Matran. Il suivit ensuite la Route des Muèse, puis la route nationale numéro douze. Après à peine cinq minutes de trajet il parqua son carrosse devant l'imposant ensemble architectural qui composait le site de l'Abbaye cistercienne.

Il rabattit et verrouilla la capote du cabriolet, alla ouvrir le coffre à bagages, en délogea le sac de voyage et fit quelques pas en direction de l'entrée du monastère qui semblait inhabité. Là, il actionna la tirette verticale située à droite du portail clos. Cela eut pour effet de tirer de sa béatitude la clochette assoupie qui surmontait la tige de métal. Un homme à la physionomie avenante, vêtu de son habit monastique, tunique blanche et scapulaire noir, portant lunettes et cheveux coupés courts, se présenta derrière les volutes de fer forgé.

– Bonjour ! Je me suis inscrit il y a peu pour une retraite de quatre jours. Mon nom est Jay Christ. Avez-vous bien reçu ma demande ?

– Bonjour ! répondit le moine. Oui, tout est en ordre ! Il faut dire qu'avec un patronyme tel que le vôtre nous aurions eu du mal à omettre de vous inscrire !

Le début du séjour semblait être placé sous les meilleurs auspices. Son hôte bicolore possédait à première vue un excellent sens de l'humour, qualité que l'auxiliaire de Dieu appréciait au plus haut point.

– Dites, le petit cabrio vert garé un peu plus loin, c'est bien une Mini Cooper ?

– Exactement, répondit Jésus, un peu étonné d'une telle interrogation matérialiste dans la bouche d'un homme qui selon toute vraisemblance avait choisi une existence vouée à la spiritualité pure.

– J'en ai possédé une dans ma vie précédente, dit le frère. A présent tout ça est devenu obsolète. Un peu de bicyclette les jours fastes, peut-être… Je vais vous montrer votre cellule. Ne vous attendez à rien de luxueux, ici la vie est assez austère. C'est votre première retraite ?

– Oui et j'y pensais depuis longtemps. Mon père et moi en avons discuté à plusieurs reprises.

– Votre père s'intéresse au mysticisme et aux religions ?

– Oh, à peine ! répondit évasivement Jaycee en détournant les yeux, afin de que son vis-à-vis ne soit pas témoin de son irrépressible envie de pouffer de rire.

Le frère cistercien, prénommé Emmanuel, fit ensuite visiter à Jésus l'ensemble du site et lui fournit d'une voix calme et posée des explications fort instructives. Il se dégageait de sa personne une sorte de paix intérieure qui transparaissait jusque dans son regard limpide.

Ils parvinrent enfin devant la porte de la cellule. Emmanuel actionna la poignée ouvragée et s'effaça afin de laisser entrer son visiteur. Jaycee posa son sac sur un petit meuble bas et entreprit de le vider. Le moine, adossé à l'un des murs blancs et épurés de la pièce ne le quittait pas des yeux. Il était accoutumé à l'accueil d'ermites temporaires, mais l'homme qui en ce moment se trouvait près de lui l'intriguait. Quelque chose d'indéfinissable dans son maintien et dans son comportement aiguisait sa curiosité. Et puis il discernait dans ses prunelles une flamme ardente, aux reflets fiévreux, mêlée de traces de profonde lassitude, comme si cet être avait traversé des épreuves insoutenables…

En plaçant ses affaires dans l'armoire prévue à cet effet le locataire exécuta un mouvement involontaire qui dévoila brièvement ses mains et les stigmates de sa crucifixion…

– Vous vous êtes blessé ? Sacrées cicatrices que vous avez là !

– Oh, ce n'est rien ! Un stupide accident survenu il y a longtemps… Voilà ce qui arrive quand on n'est pas doué en bricolage ! ironisa Jaycee pour tenter d'éluder d'éventuelles questions complémentaires.

– Ah oui, les travaux manuels ne sont pas faits pour tout le monde ! convint Frère Emmanuel qui ne semblait pas être dupe et dont la suspicion au sujet de son interlocuteur venait de monter d'un cran.

– On a le droit d'utiliser son téléphone mobile et son ordinateur portable ici ? s'enquit le mordu de technologie, désireux de changer de sujet.

– C'est toléré, à condition de ne pas perturber le

sommeil, les méditations et les prières des prêtres et autres pensionnaires.

– Ne vous en faites pas, je m'en sers principalement pour aller surfer sur Internet, ce sera donc absolument inaudible. Si d'aventure je devais converser je me ferais un devoir d'aller le faire dans un endroit isolé.

– Merci, nous apprécions vos marques de respect ! Je vous avoue avoir dû parfois sévir contre des individus qui avaient une fâcheuse tendance à confondre un monastère avec une place publique ou la corbeille de la bourse de New-York ! Pardonnez ma curiosité mais… que recherchez-vous sur le Web ?

– Je vous rassure, je ne visite aucun site pervers, tendancieux ou de mauvais goût, si c'est à cela que vous pensiez ! Pour tout vous dire je travaille sur un reportage un peu romancé, donc j'ai besoin de collecter certaines informations afin que les sources que je cite et les faits historiques que j'expose dans mon bouquin soient rigoureusement exacts.

– Donc vous êtes journaliste et un peu romancier ?

– Disons… une sorte d'envoyé spécial, de… correspondant, mentit partiellement Jésus. Mais à ce stade je ne peux pas développer davantage, pardonnez-moi !

– Nous avons l'habitude du pardon et de la confidentialité ! assura Emmanuel en souriant. Je ne vais donc divulguer vos activités à personne… mais je peux vous avouer que votre occupation, si vous souhaitez en parler, pourrait intéresser au plus haut point un de nos hôtes, que vous aurez sans doute l'occasion de côtoyer. Vous verrez, c'est un garçon au parcours atypique, un être un peu marginal certes, mais à la personnalité très attachante. Allez, je vous laisse vous installer… Si vous souhaitez vous joindre à nous pour les Vêpres, c'est à 17h30, pour autant que les prières et les chants ne vous rebutent pas ! Mais l'office est facultatif, n'ayez crainte !

Quasiment au même instant, très loin de là, une brève sonnerie retentit dans le bureau de Dieu. Le Boss, toujours un peu agacé par ces nuisances intempestives et aigües, appuya vivement sur une touche de l'interphone, afin de faire cesser cette agression auditive.

– Oui ! Quoi encore ? aboya le Patron.

– Désolé de vous déranger, Chef ! Saint Pierre est dans l'antichambre. Il prétend avoir rendez-vous à 16h00, susurra une voix féminine genre contralto que Dieu n'avait encore jamais entendue et qu'il estima immédiatement digne d'intérêt.

– Vous êtes la petite nouvelle, la jolie rousse à la peau claire et aux yeux verts dont j'ai vu le CV et la photo récemment ? s'enquit-il d'un ton radouci, tout en se disant que la nana en question possédait des atouts incontestables pour réussir dans la fonction d'assistante très personnelle : une très belle paire de seins à damner un saint et un regard salingue qui vous foutait illico le tricotin.

– Oui, monsieur, c'est bien moi, j'ai commencé il y a deux heures à peine ! Pardon si je commets encore quelques erreurs !

– Ne vous faites aucun souci, mon petit ! L'erreur est humaine comme on dit ailleurs, mais elle a également cours au Paradis ! Venez donc me voir à la fin de votre journée de travail et ensemble nous examinerons en détail quelles sont les connaissances que vous jugez lacunaires. Si ça se trouve vous êtes super "bonne" mais manquez de confiance en vous ! ajouta le vieux sagouin déjà tout émoustillé. Disons à 18 heures, d'accord ? Prévoyez quand même deux à trois bonnes heures pour notre séance, j'ai horreur du travail bâclé ! Vous pouvez faire entrer Pierre ! A tout à l'heure et merci !

Saint Pierre, dont la physionomie respirait la bonne humeur, entra dans le bureau directorial et prit place en face de son Chef.

– Alors, vieille branche, comment tu vas ? Excuse-moi, j'ai failli zapper notre entrevue mais j'ai eu quelques impondérables. Mais tu as une mine superbe, dis-moi ! Tu parais plus jeune que la dernière fois que nous nous sommes vus !

– Je tenais avant tout à vous remercier, vous et votre fils, Patron ! Désormais au service des admissions les journées sont assez cool, mes employés sont détendus et les syndicats muets. Le rêve, quoi !

– Ah ! Eh bien, tu m'en vois réjoui ! Je vais donc profiter de cet état de grâce pour te parler d'une réorganisation interne. Tu verras, l'idée devrait te plaire et bien passer la rampe auprès de tes collaborateurs, même les plus gauchisants, conclut le malicieux chef d'entreprise.

Dieu se leva et marcha en direction d'un chevalet de conférence garni d'un bloc de feuilles quadrillées de grande taille. Pierre se cala dans son fauteuil et adopta la posture type de la personne sur le point d'accorder un maximum d'attention au sujet. Ou de faire semblant, c'est selon.

« Voici ce que je compte réaliser », dit le Top Executive, juste avant de soulever la page vierge qui dissimulait les détails du projet. La page suivante ou page de titre représentait une diapositive extraite en droite ligne de la présentation Powerpoint® qui avait accaparé son auteur pendant un sacré bout de temps.

En visionnant l'image et l'unique ligne qui en faisait partie le brave Pierre se demandait quelle mouche avait bien pu piquer son chef suprême. Dieu comprit son désarroi et entreprit de lui fournir quelques informations additionnelles, sur un ton pontifiant de dirigeant politique.

– Mon cher Pierre, mon vieux camarade, nous avons parcouru un long chemin ensemble. Tu ne le sais peut-être pas mais je suis las de toutes les exactions commises par les bipèdes prétendument intelligents et évolués qui peuplent le troisième petit caillou situé près du gros lampadaire qu'ils appellent "soleil". Comme tu as pu le constater récemment je leur ai mis une série d'énormes dérouillées, ce qui a eu pour effet de calmer leurs ardeurs. Hélas, cette race étant particulièrement obtuse et rétive, je crains fort qu'ils ne retiennent pas la leçon, selon leur habitude et qu'ils réitèrent leurs conneries dans un délai très court. Jusqu'à ce jour je m'occupais seul et en simultané de surveiller les milliards de Terriens. Lourde tâche, tu en conviendras et combien difficile, voire impossible à assumer, même pour moi. Tu es également au courant des effets néfastes que cette angoisse permanente a eu sur ma santé. Face à ce constat d'échec et à mon impuissance à empêcher toutes sortes d'événements tragiques avant qu'ils ne surviennent, j'ai donc décidé ceci : la majorité de ton staff, jusque-là chargé des admissions au Paradis, va subir, sur une base de volontariat – car nous ne sommes pas dans une multinationale américaine où on est juste autorisé à fermer sa gueule – une légère mutation. Je précise toutefois que ces changements d'affectation devraient se voir bien accueillis par toi-même et par tes subalternes, pour les raisons suivantes :

1) Horaires plus courts que dans le précédent job.

2) Pause de 5 minutes toutes les heures, suivant les nouvelles normes ergonomiques.

3) Prime au mérite, après évaluation par les différents responsables et managers.

4) Plus aucun contact avec la clientèle, ceci pour les réfractaires à l'empathie et les champions de la mauvaise humeur à toute heure.

La suite t'aidera à mieux appréhender cette nouvelle organisation. Mate un peu, tu vas adorer, j'en suis convaincu !

Et Dieu passa à la page suivante…

**Organigramme en vigueur auparavant :**

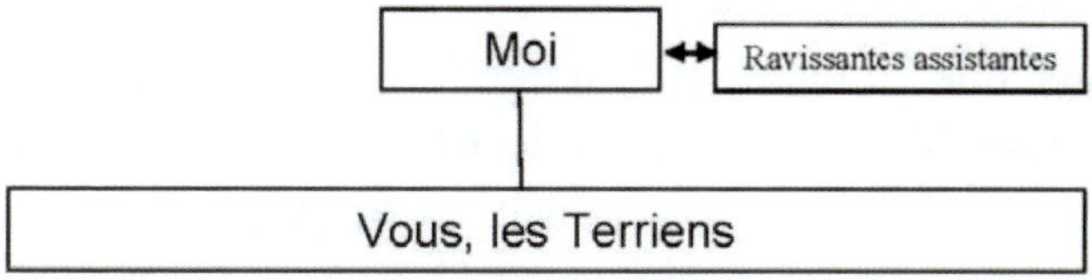


*************************************************

**Organigramme valable dès à présent :**

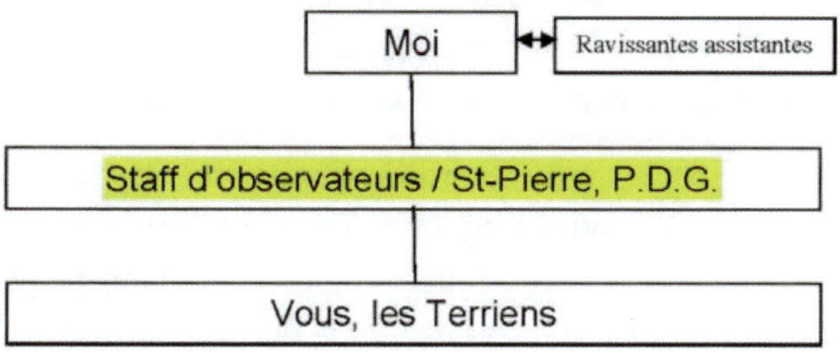


*************************************************

† Dieu org_présentation_slide2.doc – sept 2016

– Alors mon vieux, t'en penses quoi ? demanda Dieu en assénant une grande claque sonore dans le dos du pauvre Pierre. C'est jouable ?

– Vous m'avez accordé une promotion, Patron ? répondit le Saint, obnubilé égoïstement par le texte le concernant directement, prouvant en cela qu'il avait bien assimilé le nouvel organigramme et commençait à prendre son nouveau rôle de P.D.G. très à cœur.

– Tout juste, mon pote ! Note qu'une promotion en

l'espace de plusieurs millénaires de collaboration, on ne peut pas dire que ce soit exagéré ! A présent parlons actions et délais : cette mise en œuvre devra être opérationnelle dans une semaine, pas un jour de plus ! Démerde-toi comme tu veux, c'est toi le Chef de ce département ! ordonna Dieu, qui semblait avoir hyper rapidement compris comment conjuguer le verbe "déléguer". Une dernière chose : interdiction formelle d'en parler à quiconque jusqu'à nouvel ordre, c'est bien clair ? A présent on va fêter ta promotion et faire péter la roteuse ! Tu aimes le Dom Pérignon ?

– Je ne connais pas… Dites patron, avant qu'on trinque… vous n'auriez pas quelques-unes de vos pilules miracle à me refiler ? Je sens que je vais en avoir besoin !

Une heure, un Magnum de Champagne millésimé et quelques petits fours plus tard, Dieu, un peu pompette, congédia poliment son nouveau sous-chef et reprit place derrière sa table de travail. Très fier de lui-même, le Créateur… Il avait réussi à fourguer sa recette à Pierre en l'assaisonnant simplement de quelques pincées d'ingrédients susceptibles de transformer n'importe quel employé obscur en manager cupide, efficace à l'extrême et prêt à tout pour réussir. S'il n'avait pas occupé la fonction d'Etre suprême Dieu se serait bien vu en vendeur de voitures d'occasion. Il en possédait toutes les "qualités".

Il était presque dix-huit heures. Le Boss se leva et marcha jusqu'à l'antichambre où œuvrait son fantasme à crinière rousse. Parvenu devant le bureau il se planta devant elle et profita quelques secondes d'une vue plongeante sur une poitrine à la carnation laiteuse et aux vallonnements dignes d'intérêt, malgré l'écran dérisoire et savamment échancré d'un pull vert émeraude.

Elevée depuis le biberon dans le respect des convenances et une courtoisie de bon aloi, la donzelle quitta son siège, effectua le tour de son desk et s'en vint tendre sa menotte à son patron pour se présenter, tout en tirant pudiquement mais inutilement sur le bas de sa jupe. Le vieux mateur en profita pour reluquer ses gambettes fuselées, gainées comme il est de mise dans toute entreprise qui se respecte, de collants noirs d'une finesse extrême. Les chaussures en vernis noir et les talons aiguilles de douze centimètres achevèrent de chauffer Dieu à blanc.

– Aujourd'hui nous avons fêté un événement capital pour nous. Ça vous dirait de prendre une petite coupe de Champagne dans mon bureau, ma jolie ?

– Avec plaisir, monsieur ! Mais je dois me montrer prudente car les vins pétillants me montent vite à la tête et je ne me contrôle plus très bien. En fait je fais plein de bêtises !

– Ah bon ? Quel genre de bêtises ? demanda Dieu, alléché.

– Dans mon précédent job, à la soirée de boîte, il paraît que j'ai offert à mes collègues un strip-tease involontaire mais gratiné, selon eux.

– Ne vous faites pas de souci ! En principe on ne commet pas deux fois les mêmes erreurs, affirma le Boss en espérant très fort que la petite coquine ferait ce soir exception à cette règle…

A peine Frère Emmanuel parti se consacrer à ses obligations ecclésiastiques, Jésus décrocha promptement le crucifix cloué à la paroi située à la tête de son lit et le rangea dans le tiroir de sa table de chevet, dans lequel se trouvait déjà un exemplaire relié cuir de la Bible. Il lui était impossible de s'habituer à cette représentation misérable de sa personne, laquelle lui rappelait des réminiscences trop pénibles et encore vivaces. Et puis cette habitude incompréhensible qu'avaient les chrétiens d'utiliser une pointe acérée pour y accrocher leurs petits symboles religieux lui paraissait le comble du mauvais goût.

Soucieux de ne pas susciter d'interrogations de la part d'éventuels visiteurs, il commanda à sa mémoire de lui faire penser à repositionner la croix latine sur son support mural à chacune de ses sorties. Le prêtre l'avait tout à l'heure jaugé d'un air soupçonneux, comme s'il avait flairé un truc pas “catholique”. Il lui faudrait désormais faire attention aux détails et soigneusement éviter tout impair. En même temps il se demandait quelle bobine tireraient les bons moines s'ils découvraient que le Seigneur en chair et en os résidait incognito dans leur enceinte.

Un peu plus tard, alors qu'il se baladait sous les voûtes du cloître, il fit la connaissance du type décrit un peu auparavant par Emmanuel. L'homme, assis sur un muret envahi par le lierre et adossé avec nonchalance à une des colonnes de pierre, était plongé dans la lecture d'un bouquin broché et passablement abîmé. Lorsque Jésus parvint à sa hauteur, il leva les yeux vers le promeneur. Jaycee apprécia immédiatement la bienveillance contenue dans son regard. Il interrompit donc sa flânerie et s'avança vers l'amateur de livres délabrés en lui tendant une main fraternelle.

– Bonjour ! Je me prénomme Jay ! Je ne vous dérange pas ?

– Bonjour Jay, moi c'est Fabrice, répondit l'homme en lui serrant la dextre de manière plutôt virile tout en refermant son roman. Content de vous connaître et de parler enfin à quelqu'un ; les autres hôtes me paraissent un peu… comment dire… neurasthéniques, ajouta-t-il en souriant derrière sa longue barbe fournie. Vous êtes ici pour longtemps ?

– Quatre jours, je viens d'arriver, dit Jaycee qui commençait à ressentir pour cet être une vive attirance et une sympathie profonde. Et vous ?

– Pareil ! Bienvenue au club ! L'endroit vous plaît ?

– Ça vaut pas le Club Med' mais c'est vivable, plaisanta le vacancier, qui à cet instant se félicitait d'avoir consacré du temps et de l'énergie à éplucher les dépliants ramenés dans son Caddie-tirelire par le vieux Conrad. Vous participez aux offices ?

– Heu… non merci ! Je suis ici pour me reposer et faire le point suite à une petite déprime alors je ne vais pas me fatiguer à m'agenouiller à tout bout de champ et à des horaires impossibles ! Et puis, entre nous, fait pas chaud dans la chapelle ! Mon truc pour me délasser, c'est la lecture.

– Vous allez mieux, j'espère ? s'enquit Jésus, pour qui l'empathie n'avait pas de secrets.

– Ah ouais, c'est tout bon, là ! Dans une semaine je retournerai bosser !

– C'est quoi votre job, si je ne suis pas indiscret ?

– Je travaille dans l'humanitaire. Pour le CICR plus exactement et sur le terrain. J'aime aider mon prochain et me sentir utile. Ça semble un peu démodé de ne pas souffrir d'égoïsme aigu de nos jours, non ? questionna le caritatif barbu.

– Pour certains peut-être, mais pas pour moi. Je fais un peu le même métier que vous mais sur une base plus générale ; c'est un peu compliqué à détailler. On pourrait se tutoyer, non ?

– J'allais te le demander ! conclut Fabrice en lui proposant une nouvelle poignée de main.

Au cours des deux jours qui suivirent les deux nouveaux amis dialoguèrent abondamment entre eux mais daignèrent néanmoins partager quelques activités avec leurs hôtes et les pensionnaires, particulièrement les repas, même si la qualité des mets laissait fortement à désirer. Heureusement que Gault, Millau et Michelin ne s'étaient pas aventurés ici ; ils en auraient fait une maladie.

Au bout de trois repas composés de salade, de soupe et de fruits, au demeurant excellents pour la santé, Jaycee un peu excédé décréta la fin de ce morne régime. Il proposa à Fabrice une petite escapade motorisée et gastronomique hors de l'abbaye. Lui aussi saturé de végétaux, ce dernier ne se fit pas prier et accepta avec un enthousiasme quasi enfantin ce dérivatif inespéré.

Moins d'une heure plus tard Jaycee et son accompagnateur arrivèrent en vue du bourg médiéval de Gruyères, perché sur sa colline protectrice. La Cooper dûment parquée au bas de la petite ville, les deux compères empruntèrent un chemin piétonnier escarpé et après quelques minutes de marche se retrouvèrent dans la rue principale aux façades gothiques abondamment fleuries, artère truffée de boutiques de souvenirs, d'hôtels et de restaurants.

– Tu as déjà goûté une fondue au fromage, Jay ?

– Pas vraiment, non. J'en ai entendu parler… C'est bon ?

– Un régal, fais-moi confiance ! On va aller au *Gruyère Rooms* ! J'y suis venu deux fois et ce qu'ils servent ici est une pure bénédiction, si j'ose dire ! Contrairement à la recette qu'on rencontre d'ordinaire, eux n'ajoutent pas de Kirsch !

– Du Kirsch ! C'est quoi ?

– De l'alcool de cerises, voyons ! Mais tu viens de quel bled paumé, toi, pour ne pas connaître un truc aussi élémentaire ?

– De très loin… dit sombrement Jésus en pensant à la planète lugubre qui abritait son domicile officiel. Pardon si je te semble un parfait ignare !

– Y'a pas d'offense mon grand, se radoucit Fabrice devant la soudaine morosité de son compagnon. On est là pour s'entraider après tout ! Allez viens, je t'offre ta première fondue !

Les échanges verbaux durant les agapes furent du plus grand intérêt. Fabrice raconta son existence précédente, l'époque où il souffrait dans le milieu de la gestion de fortune, soumis aux caprices de petits chefs dénués de courage, au cerveau lavé et remettant rarement leur comportement et leurs actes en question. A leur décharge lesdits chefs se devaient eux aussi de courber l'échine devant leurs propres dirigeants, ces derniers étant obligés de quasiment se prostituer face aux desiderata croissants des clients fortunés, avides d'amasser encore plus d'argent, sans oublier les exigences des actionnaires de la banque, aux dents tout aussi longues.

Mais *post tenebras lux*, après les ténèbres vient la lumière… Fabrice remit un beau matin avec une joie non dissimulée sa démission à l'établissement bancaire. Il se consacra désormais modestement et avec des moyens souvent limités à soulager la misère humaine qui montrait de manière récurrente sa sinistre gueule dans certaines parties du monde. Le niveau de vie de l'ex-courtier avait suivi une courbe descendante mais curieusement Fabrice ne regrettait rien de cette existence de golden boy. Au contraire il se sentait à présent en parfaite adéquation avec lui-même et ses opinions. Jésus, impressionné par cette conversion rarement rencontrée dans le monde actuel lui fit part de son admiration, ce qui fit rosir les joues du barbu à l'âme humble et compassionnelle, qui avait su avec courage congédier ses œillères.

Suivit une petite promenade digestive et culturelle : ils visitèrent le château qui domine la ville ainsi que le musée consacré à Hans Ruedi Giger, peintre, plasticien, designer et sculpteur, célèbre pour son « réalisme fantastique », notamment dans le film *Alien*, pour lequel, en 1980, il obtint un Oscar en récompense de ses effets spéciaux.

Vers dix-sept heures ils décidèrent de se repayer une bonne tranche d'épicurisme et foncèrent tout droit vers une terrasse de bistrot devant laquelle une pancarte vantait les mérites des meringues à la crème double, autre spécialité du lieu et cauchemar des adeptes d'une alimentation pauvre en matière grasse et d'une existence à tendance nombriliste basée sur le fitness. Mais bon, on ne vit qu'une fois, alors pourquoi ne pas se lâcher de temps à autre ? Le culte du corps à outrance et les privations volontaires n'ont jamais empêché personne de vieillir, de se rider comme une pomme trop longtemps encavée et de conclure son parcours de vie à l'égal de n'importe quel autre mortel.

– Dis-moi Fabrice, c'est quel genre d'ouvrage que tu lis en ce moment ? demanda Jésus repu comme un boa, en s'essuyant les lèvres de sa serviette de coton brodé.

– Un roman américain. Il s'intitule : « Pardon, vous n'avez pas vu ma planète ? »

– Drôle de titre… C'est quoi comme genre ?

– C'est jubilatoire et plein de verve, je dirais. Un savant mélange de science-fiction et d'humour. Ça raconte les péripéties d'un extraterrestre envoyé en mission sur la Terre pour préparer la venue pacifique chez nous de dignitaires de sa planète. En même temps c'est une satire assez féroce de notre petit monde et de ses mœurs. Les personnages, héros principal compris, sont tous un peu décalés et à la limite de la névrose, mais malgré un ton particulièrement cocasse l'auteur aborde des sujets sérieux, par exemple la compréhension et la bonne entente entre les peuples.

– Je sens que ça va me plaire, dit Jésus, qui soudainement trouvait la coïncidence entre ce roman et sa propre expédition de plus en plus troublante. J'ai vu que tu avais presque terminé de le lire… Tu serais d'accord de me le prêter ?

– Pas de souci, avec plaisir ! Dès notre retour à l'abbaye je le termine et te le passe !

Leur villégiature à Gruyères touchant à sa fin ils empruntèrent le chemin pédestre en sens inverse, regagnèrent le parking et remontèrent en voiture, direction Hauterive. Pendant le trajet Jaycee se demandait ce qui pouvait bien motiver les Suisses à posséder d'énormes automobiles 4x4, d'une propreté immaculée et par conséquent n'ayant pas dû, ne serait-ce qu'une seule fois durant leur existence frotter leur pneus à un quelconque chemin de terre. Leurs propriétaires désiraient-ils afficher leur statut social et leur aisance matérielle afin d'encore mieux se démarquer de la caste inférieure des prolétaires ? La question demeurait ouverte…

Une question gênante émise par son voisin de droite le tira de sa méditation à caractère sociologique.

– Qu'est-ce que tu as fait à tes mains ? Je dis ça à cause

de tes pansements adhésifs…

– Rien… répondit Jésus un peu agacé, imitant en cela une réplique contenue dans une chanson de Gilbert Bécaud, regretté chanteur et musicien qui bien que décédé devait sacrément continuer à faire swinguer les âmes du Paradis. En fait, je me suis empalé sur une planche d'où dépassaient des pointes tranchantes et voilà… je me suis amoché les pognes ! Les meubles en kit, c'est vraiment pas mon truc !

Fabrice parut se contenter de cette vague explication, marmonna un vague « ah ouais, mon pauvre, c'est pas de chance… » et n'insista pas davantage.

Le trajet de retour se déroula sans événement digne d'intérêt. Parvenus au bercail Fabrice et Jaycee se retirèrent dans leur cellule respective. Un peu plus tard, comme il l'avait promis, le gestionnaire repenti remit le livre à son compagnon. Ils ne prirent part ni à l'office ni au repas du soir car après leur escapade gourmande l'appétit n'était pas vraiment au rendez-vous.

Frère Emmanuel devait à coup sûr se demander qui avait bien pu placer sur son chemin ces deux drôles de paroissiens à l'esprit farouchement indépendant. Dire qu'il avait cru un instant se trouver en présence du Messie… La foi peut se révéler quelquefois source d'espérances folles.

A cent lieues de ces considérations messianiques, confortablement assis dans le cocon de son lit de fer, le dos protégé de la dureté du mur crépi par deux oreillers rembourrés de plumes, Jésus entama la lecture du roman que lui avait conseillé son mentor en littérature. Au fil des pages le simple intérêt du début ne tarda pas à se muer en véritable enthousiasme et le nouveau venu dans l'univers déjanté de Bob Ottum se surprit à accélérer sa vitesse de lecture. Il avait hâte de connaître au plus vite le déroulement cette histoire qui l'avait à la fois fasciné et tant fait rire. A la fin du bouquin il était devenu un fan inconditionnel de l'auteur.

Le lendemain matin, comme s'ils avaient perçu les ondes de reproches muets émis par le moine cistercien, les deux acolytes prirent la décision de s'amender et se rendirent à la messe de sept heures mais sans réel empressement, un peu comme on se rend à sa propre pendaison. Ils écoutèrent… disons… religieusement la liturgie en vigueur en ce lieu, moitié en français et moitié en latin, autre idiome que Jésus jugeait trop compliqué mais qui, pour son plus grand bonheur, avait été en définitive relégué dans la catégorie des langues mortes. Il se réjouissait à l'avance que l'allemand, sa bête noire éternelle, connaisse un jour très proche un sort identique.

Les moines se regroupèrent et entonnèrent en chœur un chant grégorien. Cette musique modale, diatonique et répétitive porta le coup de grâce à la patience du fidèle agenouillé.

Prétextant un besoin naturel urgentissime il s'éclipsa en silence. Parvenu à l'extérieur de la chapelle, il respira profondément puis sans transition se mit à rire aux larmes en imaginant cette musique et ces paroles transposées dans une version moderne. Un petit rap, à la sauce *NTM* par exemple…

Les meilleures choses ayant toujours une fin, le séjour arriva à son terme. Jaycee prit congé d'Emmanuel, toujours en proie au trouble et dévoré par ses interrogations au sujet de ce visiteur hors du commun. Sa perplexité gravit un nouvel échelon lorsque Jésus, en franchissant le portail pour la dernière fois, prononça cette petite phrase : « merci de m'avoir reçu dans votre maison, un jour que j'espère lointain, je vous accueillerai dans la mienne… ».

Jésus accompagna ensuite Fabrice à la gare la plus proche. Leurs adieux furent brefs mais chargés d'émotion véritable et lorsque le bon samaritain de l'humanitaire disparut de sa vue, l'émissaire de la Providence ne put retenir ses larmes, tout en se promettant de veiller sur cette âme et de la protéger tout au long de son chemin, à l'instar de ce qu'il avait fait pour John Clancy.

La Mini roulait dans la campagne environnante depuis dix minutes lorsque la délectation morose du conducteur fut sèchement interrompue par un appel téléphonique.

– Allô ? C'est toi, papa ?

– Oui, fiston ! Je te dérange ?

– Attends un petit instant, je cherche un accotement et je me gare ! Voilà, c'est bon !

– Alors, ce séjour ? Ça se passe bien ?

– Dans l'ensemble, oui. J'ai rencontré des gens passionnants. Mais ils ne sont pas majoritaires, hélas…

– T'en fais pas mon grand, ça va se régler incessamment ; c'est pour cette raison que je t'appelle ! Il va se passer un événement inédit… J'aimerais qu'à 23h55 demain tu te trouves à l'endroit que je vais t'indiquer. Tu patienteras cinq minutes et tu comprendras tout ! Je ne t'en dis pas plus mais je peux t'assurer qu'on en parlera longtemps… Voici le nom de l'endroit. Pour information il y a un très joli hôtel à proximité immédiate, je te le conseille… Je te laisse, j'suis un peu à la bourre ! Prends soin de toi !

Jaycee nota soigneusement les coordonnées géographiques fournies par son père. Il rechercha ensuite l'hostellerie proche que ce dernier venait de mentionner. Il trouva sans peine la réponse dans son smartphone et dans la foulée décida de contacter l'établissement pour réserver. Quelques minutes plus tard, le gîte et le couvert assuré pour les trois prochains jours, il reprit la route nationale 12 en direction d'Avry-devant-Pont, endroit où se trouvait son nouveau lieu d'hébergement : le *Romantik Hôtel Le Vignier.*

Ayant souscrit aux formalités d'enregistrement et après avoir déposé ses affaires dans une chambre double très claire, fort agréable et avec vue sur le lac de la Gruyère, Jaycee opta pour une journée d'excursions et de découvertes en solitaire, ce qui à ce jour demeurait son occupation favorite. « L'Enfer, c'est les autres », avait écrit Jean-Paul Sartre en son temps. Il n'avait pas tout à fait tort, le vieux philosophe à lunettes… En tant que célébrité il devait parfaitement savoir ce que pouvait signifier la présence pesante et les sollicitations permanentes d'une nuée de courtisans, de gens friands de conseils ou d'ennemis jurés, tous ces parasites et sangsues qu'on a souvent envie d'éliminer par n'importe quel moyen, comme on exterminerait sans aucune pitié d'un jet d'insecticide une bestiole malfaisante.

La journée se poursuivit par la visite d'une fabrique de chocolat mondialement connue. Sur place Jaycee frisa l'indigestion à force de goûter leurs spécialités. Bien qu'un peu écœuré il acheta néanmoins une boîte de pralinés à déguster avec modération et plus tard, lorsque son estomac cesserait de lui envoyer des signes évidents de saturation.

Il quitta l'usine sise dans la commune de Broc avec des sentiments mitigés, assortis d'éructations au goût de cacao, puis reprit sa route, capote et vitres baissées, afin de s'aérer au maximum et de tenter de chasser les derniers relents de chocolat qui imprégnaient obstinément ses vêtements.

Un peu plus tard, alors qu'il roulait non loin de Vaulruz sur une petite route secondaire au milieu d'une campagne inhabitée, son attention fut attirée par un panneau un peu insolite, planté comme un arbre solitaire dans la bande herbeuse qui jouxtait l'asphalte. Il s'engagea dans le chemin privé qui menait à l'endroit cité sur le panonceau.

L'allée aboutissait à un cul-de-sac et à un parking. Le lieu se nommait *L'Oasis des Vétérans* et sa fonction était de recueillir des animaux du troisième âge, principalement des chiens et des chats. Si certains possesseurs pouvaient justifier leur abandon pour une raison impérieuse et véridique, certains ex-propriétaires de ces canidés et félins avaient eu le culot d'avancer des motifs et des prétextes fumeux pour se débarrasser une bonne fois pour toutes de leurs compagnons. Si ces derniers s'étaient montrés fidèles et aimants jusqu'au bout, leurs "amis" humains ne leur avaient hélas pas témoigné des sentiments similaires. On pique les animaux pour les vacciner, les soigner ou les faire trépasser dignement ; on devrait dans certains cas être autorisé à injecter, voire administrer en perfusion à l'homme des doses répétées et massives de compassion et d'amour…

Une voix en provenance du pré entourant la maison se

fit entendre avec en écho une brève série d'aboiements. Un jeune homme à la mise décontractée s'avança vers lui. Ils échangèrent quelques mots par-dessus la clôture puis le gaillard avec un sourire radieux ouvrit le portail et invita son visiteur impromptu à entrer.

Le représentant de Dieu savait mieux que quiconque qu'il existait depuis toujours une misère humaine et que cette dernière était trop souvent la compagne assidue et constante des pauvres gens. Il découvrit ce jour-là que le dénuement et les épreuves avaient aussi leur place dans le règne animal, même si les créatures que les êtres prétendument supérieurs nomment « les bêtes » n'exprimaient pas leur tristesse par des révoltes, des lamentations ou du chagrin. Peut-être bien que si, finalement… si on voulait bien se donner la peine de mieux les connaître et d'être à leur écoute.

Jaycee visita donc les installations et fut absolument remué jusqu'aux tripes par le spectacle de ces animaux qui, malgré tout ce que des salopards leur avaient fait subir, trouvaient encore le moyen d'aimer les humains. Il eut ensuite une longue conversation avec les quelques bénévoles qui maintenaient cet endroit en vie, malgré des moyens financiers dérisoires. D'un geste spontané il sortit son portefeuille et remit au jeune homme interloqué, mais au fond heureux, quelques billets de cent francs. Une petite goutte d'eau dans un océan d'emmerdements, mais qui pourrait assurer, du moins pour un moment, une once de soulagement et de tranquillité aux vieux pensionnaires et à leurs protecteurs dévoués.

Après des adieux chargés en émotion et la promesse de se revoir, Jésus regagna son véhicule et démarra avec précipitation, sans se retourner. Moins de deux cent mètres plus loin, pris d'un violent spasme gastrique il freina brusquement, jaillit comme un éclair de sa voiture et régurgita le visage blême les délices chocolatées de tantôt sur une parcelle de terre nue. Oui, nous pouvons l'avouer sans honte : notre héros était affligé d'une sensibilité exacerbée…

Ayant payé son tribut au péché de gourmandise, qui comme chaque fervent catholique le sait est une offense capitale, le touriste céleste rentra à son hôtel. Un bain chaud prolongé aux cristaux aromatisés à la mélisse acheva de remettre son corps et ses idées en place.

Puis vint le repas du soir. Jaycee déclina poliment et avec une moue de dégoût le menu qui lui était proposé. En lieu et place il réclama un petit bouillon de poule, ce qui offusqua jusqu'à la moelle le serveur à l'air compassé, pour ne pas dire coincé, qui pourtant était habitué aux fantaisies les plus extravagantes de sa clientèle.

Sitôt le bol de soupe ingurgité, Jésus quitta la salle à manger et se retira dans son espace privatif. Un petit détail le chiffonnait… Il composa d'abord le « 1 » puis le « 7272347 » sur le panneau frontal de son smartphone. Les derniers sept chiffres correspondaient sur le clavier numérique au mot “Paradis”. Trois tonalités plus tard, une voix féminine, assortie en fond sonore d'une musique douce et mielleuse assez agaçante, retentit dans l'écouteur.

– Bonjour et merci de votre appel ! Vous êtes en communication avec la messagerie vocale du Paradis. Pour Dieu, tapez 1 ; pour Allah, tapez 2 ; pour Jehovah, tapez 3. Pour d'autres religions, sectes ou croyances, restez en ligne ; un opérateur vous répondra dans un instant. Pour des raisons de qualité cet appel peut être enregistré…

« Mais c'est quoi, ce bordel ? » se demandait Jésus complètement interloqué en écoutant le message impersonnel débité par la voix aux intonations synthétiques. Bien qu'il ait été partiellement au courant des desseins de son père au sujet de la réorganisation et de la modernisation de certaines des infrastructures célestes, il avait du mal à s'accoutumer à certaines avancées technologiques, surtout lorsqu'elles survenaient après des millénaires d'immobilisme parfait. Son doigt énervé pressa vivement la touche « 1 ».

– Département "Dieu", mon nom est Ahmad Noor Khan. Que puis-je faire pour vous ? répondit un organe vocal masculin à l'accent à couper au couteau. Quasiment inintelligible, l'opérateur exotique.

– Bonjour, ici c'est Jésus Christ ! Auriez-vous l'obligeance de me passer mon père, s'il vous plaît ?

– Excuse me, Sir, je parle assez mal votre langue ! Je n'ai pas bien saisi votre nom et l'objet de votre demande ? répondit l'inconnu exotique, mais en anglais cette fois.

– I am Jesus Christ, the Lord… and I wish to speak to my father quickly ! Do you know who I am and who in the hell God is ? éructa Jaycee au bord de l'explosion, tout en se demandant ce que cet olibrius pouvait bien foutre dans un call center.

– Oooops, so sorry, Sir ! I am totally devastated, forgive me ! Je vous connecte immédiatement ! conclut le dévasté en commutant l'appel.

Deux secondes plus tard, la voix du Chef du firmament se manifesta.

– Alors, petit aventurier en décapotable… ça évolue bien ton escapade ?

– Salut, papa ! Oui, jusqu'à présent c'est génial. Tu as eu raison de me conseiller ce pays et particulièrement cette région de la Gruyère. Ça déchire trop sa race, ce coin ! Dis-moi, c'est qui le rigolo pas trop doué en français qui m'a répondu tout à l'heure ? Tu as été le dénicher dans quel bled ?

– Tu parles d'Ahmad, sans doute ? Eh bien… il vient du Pakistan et il est chrétien, chose rare. Il vivait à Mumbai ou Bombay si tu préfères. Avant de passer l'arme à gauche il bossait pour une grosse boîte multinationale dans le domaine informatique. Il s'occupait de la hotline utilisateurs.

– T'aurais pu mieux choisir et en trouver un qui comprenne et parle notre langue !

– Oui, je sais tu as raison. Mais les gens de cette région sont moins exigeants au niveau rémunération alors pour faire des économies j'ai choisi celui-là, expliqua Dieu en parfait manager.

– Je vois… Un conseil : trouve-lui un ancien prof et fais-lui prendre des cours accélérés, sinon ça va vite dégénérer au niveau des appelants ! Ou alors branche-le sur un autre job !

– Moi je veux bien lui trouver une autre affectation mais je ne sais pas trop où le recaser…

– J'ai bien une idée mais il faut que le gars aime les fleurs et les gens !

– Ah bon ? Et ça consiste en quoi ce boulot ?

– Vendre des roses dans les restos le soir ! conclut Jésus, hilare.

– Ce n'est pas pour me débiter que des idioties que tu m'appelles, j'espère…

– Non, excuse-moi, c'est pour un autre motif…

Et Jésus lui parla de sa visite au refuge des animaux et de son don en espèces.

– Tu penses que j'ai trop donné ? s'inquiéta-t-il, soucieux de l'état des finances du Ciel.

– Tu as bien agi et pour une noble cause, rassure-toi ! Pour l'instant notre budget est excédentaire. Si les choses devaient prendre une tournure inverse je sais d'ores et déjà vers qui me tourner pour nous renflouer…

– Ah bon, qui ? Une banque, un mécène, une fondation ?

– Mieux que ça, chouchou ! Le Vatican ! Ils regorgent de pognon et n'oseront jamais rien me refuser ! Hé choupinet ! Reste en ligne, attends encore un instant ! Tu n'aurais pas fortuitement fait une rencontre particulière dans un restoroute récemment ? questionna Dieu qui décidément avait l'air d'être au courant des moindres faits et gestes de sa progéniture.

– Euh… c'est possible, mais je ne m'en souviens pas… avoua Jésus, un peu décontenancé par cette question insolite.

– J'ai dû rêver ça, alors… marmonna le Tout-puissant, avec une expression de déception. Allez, mon petit, à demain soir ! 23h55, n'oublie pas ! Dors bien !

Et Dieu mit fin au dialogue.

Après une bonne nuit de repos et une douche bienfaisante Jaycee rejoignit la salle dans laquelle étaient habituellement servis les petits déjeuners. Le bouillon de la veille au soir l'avait requinqué et il se sentait prêt à faire un sort aux tentations sucrées et salées qui composaient le buffet. Le préposé au réassortiment avait dû recevoir la consigne de ne pas trop recharger la longue table en victuailles car, lorsque Jésus voulut se ravitailler en pain, il constata avec une légère contrariété qu'une seule et unique tranche reposait ridicule au fond d'un récipient en osier. Il jeta un coup d'œil circulaire aux alentours. Personne ne le regardait car les rares convives présents à cette heure matinale étaient soit plongés dans la lecture des mauvaises nouvelles de leur journal, soit très occupés à bâfrer plus que de raison, sous prétexte que la consommation au buffet n'était pas limitée.

Jésus effectua alors avec son index droit un bref signe du genre cabalistique et, ô miracle, la corbeille de pain vit son contenu multiplié par vingt. Heureux de constater que le vieux tour de magie fonctionnait encore, notre héros, le masque impassible, saisit alors au moyen d'une pince en argent massif les tranches de pain qui faisaient défaut à l'origine. « C'est quand même assez jouissif d'être le fils de Dieu », pensait-il avec une certaine espièglerie, en s'attablant devant son premier ristretto de la journée.

# Chapitre 9

Le multiplicateur de pain termina dans la plus grande sérénité ses quatre tartines beurrées et ses deux croissants.

C'est alors que son regard se porta fortuitement sur la sexagénaire aux allures de cougar et à la robe léopard ultra moulante qui le lorgnait avec avidité depuis un bon moment et avec impudeur depuis sa table. Il faut avouer qu'elle paraissait un peu faisandée la dame, malgré ses douze opérations de chirurgie esthétique et son fond de teint ocre appliqué à la truelle. Yeux soulignés de fard vert nacré et de mascara noir, joues surchargées de blush qui la faisaient ressembler à une poupée ancienne et lèvres carmin soulignées d'un épais trait de crayon brun. Les kilos d'or jaune scintillant et les pierres précieuses qu'elle étalait autour de ses poignets, de ses doigts et de son cou non seulement laissaient Jaycee de marbre mais le cliquetis incessant produit par cette orgie de joaillerie à chacun des gestes de la vamp fanée lui tapait sur les nerfs.

Il se leva comme poussé par un ressort, la salua d'un noble et hautain hochement de tête quand il passa dans son espace vital, sans aucun égard pour la bouche pulpeuse et humide, déjà entrouverte, annonciatrice de plaisirs torrides et raffinés. Il poussa un “ouf” de soulagement en quittant l’établissement.

Il apprit par la suite que la douairière s’étant sentie outragée décida de se procurer au plus vite un nouveau chevalier servant. Elle jeta donc au cours de la matinée son dévolu sur un des jeunes employés de l’hôtel. Ce dernier, pas trop regardant sur la marchandise et animé d’intentions vénales, accepta de rendre une visite de pure courtoisie à l’esseulée. Après un bref échange de banalités et deux verres de vin blanc, on entra enfin dans le vif du sujet, si on peut dire. La prestation du bagagiste-étalon remporta un réel succès à en juger par les gémissements puissants et répétés qui retentissaient jusque dans le couloir menant aux chambres, heureusement peu fréquenté à cette heure de la journée. Lorsqu’il abandonna sa dulcinée encore un peu plus défraîchie, mais comblée, il arborait un sourire de carnassier. Il contemplait en sifflotant le bijou que la vieille rombière lui avait offert en récompense de ses services spéciaux, cadeau qui lui permettrait aisément de se payer des vacances de longue durée au soleil de son pays.

Notre touriste continua durant cette belle journée ensoleillée à explorer les voies secondaires et peu fréquentées de cette portion du Canton de Fribourg. Ignorant volontairement les mises en garde paternelles il s’autorisa même quelques excès de vitesse, mais exclusivement dans des zones vierges de tout trafic et surtout exemptes de radars fixes ou mobiles. Aucune de ces maudites machines à sous étatiques ne vint ternir son plaisir et il put apprécier pleinement à maintes reprises la tenue de route exceptionnelle de sa Cooper.

Il parvint un peu plus tard à la hauteur du Lac de la Gruyère, plan d'eau artificiel créé de toutes pièces par le génie humain entre 1945 et 1948, à la suite de l'érection du barrage de Rossens. Abandonnant son véhicule sous un gros chêne, il chemina d'un pas tranquille jusqu'aux rives du lac. D'où il se trouvait il pouvait distinguer clairement l'Ile d'Ogoz, coiffée des ruines de deux châteaux et d'une chapelle érigés au Moyen-Age. Cet îlot, avant la mise en eau du barrage survenue en 1948 était un bourg habité et des fouilles archéologiques entreprises sur le site attestent d'une présence humaine remontant au Mésolithique[3].

Etant donné qu'on n'avait pas souvent l'occasion de s'amuser dans la grisaille du Paradis, Jésus décida de s'octroyer une petite pause ludique. S'assurant que personne ne se trouvait à proximité immédiate il entreprit de se dévêtir. Désolé pour les éventuels voyeurs et autres amateurs d'effeuillage intégral, mais pour des raisons de bienséance et le respect d'une certaine morale le strip-tease du rédempteur s'arrêta au boxer-short.

Il marcha ensuite vers les flots… et put constater après quelques dizaines de mètres avec un plaisir non dissimulé que son don de flottaison à la surface de l'élément liquide fonctionnait encore à merveille. S'il avait vécu sur cette planète il aurait pu réaliser de substantielles économies en équipement et matériel nautique.

Certains plaisirs ne sont agréables dans leur plénitude que lorsqu'ils sont partagés. Au bout d'une heure de jeu en solitaire sur les vaguelettes, Jaycee trouva ce moment de

---

[3] Age moyen de la pierre, environ 10000 et 5000 ans avant notre ère. Se situe entre le Paléolithique et le Néolithique.

détente d'un ennui manifeste. Il regagna la rive et, alors qu'il se rhabillait, son esprit fut envahi par une énorme vague d'appréhension. Qu'allait-il se passer ce soir à minuit ? Connaissant le caractère fantasque et imprévisible de son paternel, quelle entourloupette ce dernier pouvait-il bien mijoter ? Du coup sa bonne humeur de l'après-midi fut un peu gâchée par une multitude d'interrogations, qui à son grand regret demeurèrent toutes sans réponse, au point de le faire douter de ses capacités intellectuelles.

C'est donc avec l'esprit un tantinet pollué et la mine sombre que le chargé de mission céleste regagna en début de soirée son havre hôtelier. Il réintégra sa chambre et ressentit le besoin de se faire couler un bain, comme si la caresse rassurante de l'eau chaude était à même d'éteindre le feu de son angoisse.

Il portait encore en lui des traces de tourment quand il pénétra dans la salle à manger pour le repas du soir. Il était à peine 19 heures et la pièce était presque déserte. Une scène surréaliste se déroulant à deux tables de la sienne provoqua un changement radical dans les états d'âme de l'attristé.

Un homme seul, assis devant une table carrée recouverte de sa longue nappe blanche, offrait un comportement étrange : la mine extatique et les yeux alternativement ouverts et clos, il semblait ressentir à la fois un plaisir extrême et une gêne flagrante. Ce qui paraissait encore plus inhabituel était que les plis du textile avaient l'air animés de tressaillements presque imperceptibles pour un observateur non avisé, comme si quelque chose placé sous la table faisait se mouvoir le tissu. A moins que ce ne fût un simple courant d'air…

Deux minutes plus tard la réponse arriva, dans sa

cruelle vérité : ce n'est pas une chose qui provoquait le phénomène en question… mais bel et bien une personne. Emergeant de l'espace confiné et discret, une masse un peu gélatineuse, déchaussée, décoiffée et boudinée dans une robe léopard, tentait avec difficulté de passer de la génuflexion à la station debout, tout en essuyant maladroitement et l'air embarrassé au moyen d'un mouchoir en papier ses lèvres, dont le rouge avait quelque peu bavé. Décidément l'ancêtre multi-liftée entrevue ce matin se montrait insatiable en matière de relations interpersonnelles.

Ayant récupéré ses escarpins, elles aussi revêtues de faux léopard, la spéléologue en herbe se redressa dans une posture de femelle triomphante et toisa Jésus avec une arrogance de dominatrice. Jaycee ne baissa pas les yeux… Au contraire il la considéra de bas en haut avec une moue évocatrice, alors que sa main droite esquissait le geste internationalement connu du pouce levé, car selon lui les performances de cette nymphomane valaient bien un minimum de reconnaissance.

L'heureux bénéficiaire de l'intermède oral se contenta quant à lui de terminer en hâte son repas, le nez au ras de son assiette, avant de quitter la scène de crime, un brin honteux.

Depuis un moment les heures semblaient avoir modifié leur cadence et l'heure du rendez-vous fixé par l'Eternel se rapprochait inexorablement. Avant de quitter sa chambre Jésus ouvrit son sac de voyage et se saisit d'un pull-over de laine et d'une veste matelassée. D'après les renseignements collectés sur Internet le coin où il devait se rendre ne brillait pas par son climat nocturne tempéré.

Il déverrouilla les portières de la Mini, jeta les

vêtements chauds sur le siège avant droit, régla la climatisation automatique afin d'obtenir une température intérieure constante de 22 degrés et démarra en silence, avec le souci de ne pas perturber le sommeil et la quiétude des autres occupants de l'hostellerie.

Il traversa successivement les localités d'Echarlens, Corbières et Crésuz, désertes et profondément endormies, puis mit le cap sur la route conduisant au Val de Charmey et au Col du Jaun.

A 23h45 il parvint à une sorte de replat entouré au loin d'imposants sommets aux arêtes acérées comme des dents de requin, lesquelles se découpaient avec netteté à l'horizon d'un ciel dépourvu de nuages, sous la clarté blafarde de cette nuit de pleine lune. Il enfila son chandail et sa veste épaisse puis se risqua à quitter la voiture un bref instant, mais le froid incisif qui régnait à cette heure dans cette vallée sauvage le contraignit à regagner l'habitacle tiède et hospitalier de sa berline pour y attendre le moment fatidique.

A minuit pile il se passa un phénomène inédit et jamais vu dans toute l'histoire de l'humanité : comme si quelqu'un avait actionné un commutateur géant, la lune et les étoiles s'éteignirent d'un coup, plongeant le site et cette partie du globe dans une obscurité complète et oppressante.

Jaycee avait une idée très précise quant à l'identité de l'auteur de ce "spectacle" et reconnaissait avec une admiration légitime que son père était sans doute le meilleur metteur en scène de tous les temps. Dommage que Hollywood ait été rayé de la carte, certains réalisateurs très imbus de leur talent auraient pu en prendre de la graine…

En bas, dans les diverses parties baignées dans le noir,

les éventuels témoins de cette féerie devaient être la proie en ce moment précis d'une frayeur incommensurable. Jésus les imaginait tremblants, contactant leurs proches, la police ou les médias avec des accents terrorisés en relatant l'incroyable nouvelle. La panique qu'ils devaient ressentir cette nuit devait être similaire, quoique certainement beaucoup plus intense, à la vague d'épouvante qui avait saisi les auditeurs à l'écoute d'Orson Welles, le 30 octobre 1938, lorsque la chaîne de radio CBS diffusa une fiction dramatique, « La Guerre des Mondes », adaptation inspirée du roman de H.G. Wells, ouvrage qui décrivait l'invasion de la Terre par des Martiens animés de très mauvaises intentions.

Jaycee, qui pouvait démontrer à ses heures des dons de cartésien un peu enculeur de mouches, à la façon de certains avocats et juristes désirait vérifier un détail qui le turlupinait. Il composa donc le numéro de la ligne directe qui le reliait à son paternel. Dieu, bien qu'en plein turbin, lui répondit sans délai.

– Hé, Mister Jay, salut ! Tu apprécies le show ?

– Alors là, papa, chapeau et respect ! C'est du grand art ! Mais je t'appelle pour une question toute bête… Dans les zones où il ne fait pas nuit en ce moment, comment as-tu géré le problème ?

– Ben… j'ai simplement occulté le soleil… Donc tout autour du globe, c'est le black-out intégral ! Je dois te laisser, Junior, désolé ! Un message à délivrer… A plus !

Encore abasourdi par les dons et la créativité sans bornes de son géniteur, il s'assit sur le capot encore tiède de la Cooper et attendit sagement la suite du divertissement.

Il n'eut pas à patienter longtemps… Dieu savait

ménager ses effets et connaissait toutes les ficelles du métier. Il avait sciemment inclus une courte pause entre sa fantaisie lumineuse du début et son exposé.

Dans un instant le Chef suprême s'adresserait au monde entier. Et comme il connaissait chaque idiome et dialecte pratiqué ici-bas, chacun dans sa partie de la planète serait à même de saisir les termes de son message. Un exploit technique qui, s'il devait se répéter, reléguerait aux oubliettes du chômage la corporation des traducteurs et interprètes dans son entier.

Le calme ambiant fut soudain couvert par des sifflements aigus et insupportables, dus à l'effet Larsen, bien connu des musiciens, auxquels succédèrent quelques sons étranges, comme si quelqu'un s'amusait à tapoter sur la grille supérieure d'un microphone branché. On entendit ensuite distinctement les mots « un, deux, un, deux… testing ! », répétés à plusieurs reprises, puis un ou deux raclements de gorge assez désagréables.

Enfin retentit, forte et claire, une voix jamais entendue sur la Terre. Bel organe en vérité : à mi-chemin entre la basse noble et le baryton, tessiture assortie d'inflexions dignes des meilleurs sociétaires mâles de la Comédie française.

« Amis Terriens, amies Terriennes, mes petites beautés, mesdames, mesdemoiselles et messieurs, bonjour et bonsoir ! C'est votre Dieu, alias Allah, alias Jehovah qui vous parle pour la première fois dans l'histoire de ce monde et si tout se passe comme je le souhaite… pour la dernière fois ! ».

Oh purée, l'effet ! Les populations étaient sous le charme mais en même temps mortes de trouille. La voix résonnait dans chaque recoin de notre astre et ce petit futé de Créateur avait en outre réussi l'exploit peu commun de s'immiscer dans la totalité des réseaux de radio et de télévision. Les gens n'avaient donc plus à fournir l'effort de sortir de leur nid, Dieu s'invitait dans leur salon. Il est à noter pour la petite histoire que les tarifs des écrans publicitaires facturés par les diverses chaînes atteignirent ce soir-là des sommets vertigineux. Décidément l'opportuniste genre humain n'avait pas son pareil dès qu'il s'agissait de s'enrichir.

« Mes p'tits mectons et nénettes, je ne vais pas y aller par quatre chemins, ni prendre de gants ! Je vous le dis tout net, je ne suis pas content ! », ajouta le Big Boss en adoptant un style quelque peu familier.

« Cela va faire des dizaines de milliers d'années que je vous observe et franchement, les potes, vous allez droit dans le mur ! Arrivé tout au bout de ma patience, j'ai décidé d'un certain nombre de changements. Que vous soyez d'accord ou pas, je m'en tape, je préfère vous l'avouer dès maintenant ! A présent, chers et chères bipèdes, il serait bon que vous regardiez attentivement le ciel ou votre écran de téloche et que vous vous concentriez à fond sur ce qui va suivre. Il n'est pas interdit de prendre des notes…

« Mais avant de vous exposer mes vues et mes directives, voire mes ordres, je tiens à vous apporter une preuve supplémentaire et irréfutable, ceci pour les incrédules et les sceptiques : dans trente secondes, une comète géante à panache bleu passera en orbite basse autour de votre planète. Attention, le compte à rebours débute… maintenant !

Et après que le temps indiqué fut écoulé, une lueur

bleutée suivie d'un énorme fracas emplit la voûte céleste. L'ensemble des peuples bouche bée put assister au passage d'une gigantesque boule accompagnée de sa traîne, semblable à celle qui orne une robe de mariée.

Un détail piquant, bien dans la ligne du caractère enjoué et facétieux du Grand architecte consistait en deux mots, figurant bien en évidence sur la queue de la comète. On pouvait y lire :

« Alors… convaincus ? »

Encore une fois résultat et frissons de frayeur garantis… Ce son et lumière dépassait en qualité tout ce qui avait été réalisé à ce jour en matière de science-fiction et de thrillers. Suite à cette démonstration du pouvoir suprême le genre humain allait peut-être enfin commencer à se poser les bonnes et vraies questions.

Après une courte pause destinée à maintenir le suspense la voix du magister retentit de nouveau :

« Mes petits agneaux, les catastrophes et autres bizarreries survenues ces derniers temps dans votre bas monde ne vous auront à l'évidence pas échappé. Elles sont mon œuvre et ont été provoquées à dessein dans le but de vous faire prendre conscience de vos errements et vous inciter par d'autres moyens, plus coercitifs je le reconnais, à suivre un autre chemin que l'impasse dans laquelle vous vous trouvez.

Etant donné que votre espèce est du genre borné et limité en mémoire, je vais par conséquent continuer à vous foutre une pression maximum, jusqu'à ce que j'estime vos résultats satisfaisants ! Et avec les nouveaux moyens de surveillance que j'ai mis sur pied pour suivre tous vos faits et gestes individuels, je vous promets que ça ne va pas être de la tarte pour les éventuels resquilleurs de tenter de passer entre les mailles du filet. J'espère m'être bien fait comprendre…

J'en entends un là… au fond de la salle, un anarchiste de salon qui râle grave… Quoi ? Comment ? J'ai aussi sévi par le passé ? Mais bien sûr, mes loulous ! Des petites piqûres de rappel dans le genre cataclysme ou épidémie m'avaient parues utiles pour vous faire changer de cap ! Eh bien non, ça n'a pas suffi ! Je vous rappelle tout de même que certaines catastrophes, conflits armés, attentats ou accidents ont bel et bien été provoqués par vous seuls. Quelle idée saugrenue de bâtir des villes dans des zones sismiques ou proches de zones inondables ! Sacrément stupide de prendre le volant après avoir consommé de l'alcool en excès ! Quelle connerie de vouloir envahir ou évangéliser un autre pays, n'est-ce pas ? Sur ce dernier point en particulier, révisez votre histoire et adressez vos doléances aux vrais responsables ! Ne vous voilez pas la face : au rayon bêtises vous êtes admirablement placés et aucune aide extérieure ne vous est nécessaire, alors doucement les basses !

Bon, c'est pas tout ça… l'heure tourne et j'ai des documents à vous présenter. Alors pour la partie questions-réponses et commentaires divers on verra plus tard, ok les gars ?

Une petite parenthèse vite fait, bien fait : je n'ai inventé ni les religions, ni les sectes, ni la ségrégation exercée envers les femmes. Ce sont des mythes inventés par des hommes pour en dominer d'autres… Je lance le débat ! Voilà qui devrait provoquer quelques longues discussions dans les foyers et semer un peu la zizanie sur un sujet qui me défrise depuis longtemps. C'est dit… »

Le moment de démontrer à l'humanité entière ses capacités en matière d'utilisation de Powerpoint* était arrivé… D'un air affecté et un brin vaniteux il pressa sur une touche. La première diapositive apparut dans le ciel d'encre…

Wow !!! Enfoncés et dégoûtés qu'ils se sentaient, les pros des effets spéciaux ! Tous verts de jalousie et sur le point de donner leur démission pour se consacrer à l'avenir à une toute autre activité, un domaine préservé où Dieu ne ferait pas la loi : la broderie anglaise ou le crochet, par exemple. Quoique…

On entendit un léger "clic", preuve que le microphone venait d'être remis en fonction.

« Terriens, Terriennes… voici l'essentiel de mon message : il est divisé en trois catégories. Je suppose que le texte est suffisamment clair et explicite, même pour vos cerveaux ramollis. »

On eut soudain l'impression qu'une clameur indignée

et houleuse montait vers le ciel, un peu comme quand un footballeur professionnel surpayé rate le but, alors qu'il se trouve tout seul et à un mètre douze du gardien de but adverse. Apparemment quelques individus n'avaient pas apprécié la remarque peu flatteuse, mais pas franchement inexacte, émise par le Chef de l'univers.

« Hé ! Ho ! Un peu de silence, les agneaux et on se calme ! Je plaisantais, bande de petits susceptibles ! Bon allez, je vous laisse à votre lecture ! Regardez, comprenez, retenez et surtout… respectez ! Ceux qui ont toujours vécu de manière honnête n'ont rien à craindre. Quant aux autres, j'entends par là les tordus, les pourris, les sanguinaires, les spéculateurs, les exploiteurs de tout poil… ceux-là auraient tout intérêt à changer de comportement au plus vite car les mesures de rétorsion décrites plus loin prendront effet à Noël 2016, histoire de célébrer non seulement l'anniversaire de mon fils, mais également l'avènement d'une nouvelle ère.

« Slide two, please », ordonna ensuite Dieu, d'une voix devenue tout à coup tendre et radoucie. Il devait sans doute s'adresser à une personne proche, chargée de lui prêter main forte dans ce moment unique mais stressant. S'agissait-il d'une de ses ravissantes secrétaires, dévouée corps et âme, même durant les heures supplémentaires ? Mystère…

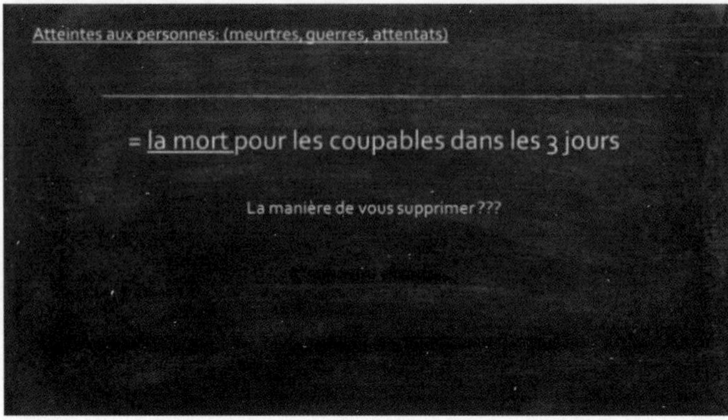


« C'est bon ? Z'avez tout assimilé ? Très bien ! Désormais ceux qui enfreindront mes commandements savent à quoi ils s'exposent. C'est vous qui voyez, comme on dit…

« Next slide, please, Baby », susurra le King du Paradis. Le mystère s'éclaircissait. Non seulement il devait s'agir d'une nouvelle assistante, mais cette dernière ne maîtrisait pas la langue, enfin… celle de Molière.

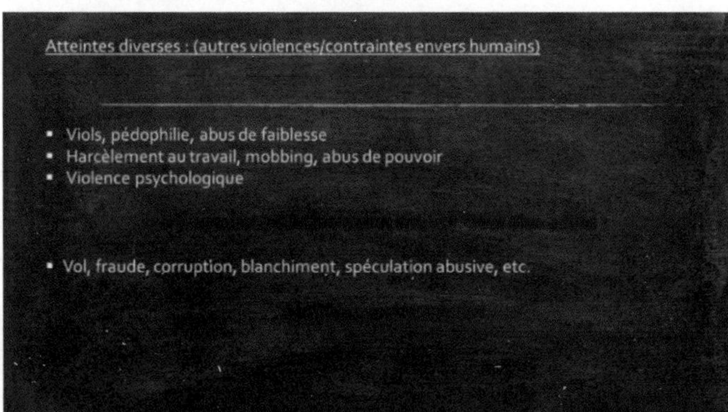


« C'est assez explicite, non ? lança le Vert-Galant d'Eden City. Les salopards en tout genre sont désormais eux aussi avertis. Next slide, now…

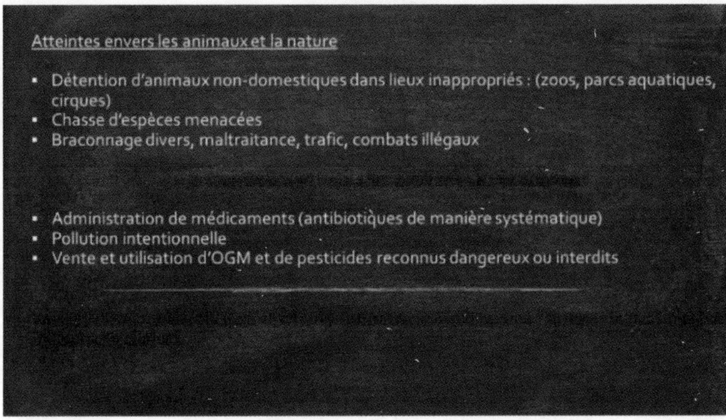


« J'ai quelques commentaires additionnels à formuler au sujet de cette diapositive :

Ça vous fait quel effet de voir un animal en cage, un dauphin confiné dans une piscine ou un éléphant avec une plume d'autruche dans le fion, à qui un connard demande de faire le beau sur la piste d'un cirque ? Hein ? Pas beaucoup de respect dans tout ça…

« Et vous en pensez quoi des minables qui tuent des rhinocéros uniquement pour leur piquer leur corne, afin de l'administrer en poudre à des impuissants chroniques qui pensent pouvoir bander grâce à cela, alors que c'est purement une illusion ? Pas terrible, vous ne trouvez pas ?
« Et je passe pudiquement sous silence le massacre des tigres, des éléphants, des bébés phoques… parce que si je continue je vais vous faire pleurer et peut-être même vomir.

« Si vous ne vous sentez pas trop concernés ni émus par ce que je viens de dire au sujet des animaux, peut-être serez-vous plus réceptifs à ce qui va suivre, puisque ça concerne votre santé et celle de vos descendants…

« Admettons que la viande fasse partie de votre régime alimentaire, sachez que dans pas mal de pays on gave les bovins, les ovins et la volaille d'antibiotiques et ce, dès le berceau, si j'ose dire. Ne vous étonnez donc pas, braves gens, si plus tard les mêmes antibiotiques se révèlent inopérants au moment où votre organisme sera la cible d'une infection bactérienne. Et d'une !

« Si au contraire vous avez un certain penchant pour les produits de la mer, je vous informe qu'à force de déverser des métaux lourds, du pétrole, des produits chimiques, des matières plastiques et d'autres saloperies dans les mers et océans, vous pourrez bientôt faire une croix, excusez l'expression, sur cette catégorie. Et de deux !

« Au cas où vos préférences iraient vers une alimentation de type végétarien je dois vous avertir que la société Monsanto vend et écoule de merveilleux produits tels que le glyphosate, qui sont censés protéger les cultures des attaques de certains parasites, mais qui ont pour effet collatéral de bousiller les abeilles et d'être potentiellement cancérigènes pour les humains.

« Cette société vient d'ailleurs de fusionner avec le groupe Bayer, qui comme chacun sait est un énorme acteur dans le domaine pharmaceutique. Bayer sera donc en mesure dans un avenir proche de vous empoisonner dans un premier temps, pour mieux vous soigner ensuite. Bingo, on gagne sur les deux tableaux ! Et de trois !

« Je souhaite profiter de mon temps de parole pour ouvrir une petite parenthèse sur l'état de votre planète : soyez conscients que ses ressources ne sont pas inépuisables, alors je vous incite à les exploiter et les consommer avec intelligence et parcimonie. Ce faisant vous vous épargnerez non seulement de gros soucis écologiques, du genre pollution atmosphérique et réchauffement climatique, mais vous assurerez à vos descendants un futur autre qu'un inévitable retour aux temps obscurs de l'homme de Néandertal. Au pire ce sera l'extinction pure et simple de votre espèce. La balle est dans votre camp, comme on dit…

« Il se fait tard… et je suppose que vous devez tous vous sentir un peu commotionnés. Je vais donc vous lâcher la grappe dans un bref instant. Mais avant d'en arriver à la conclusion et aux adieux je tiens à vous présenter ma nouvelle organisation, celle qui me permettra de ne jamais vous perdre de vue, quel que soit l'endroit du monde où vous vous trouverez. »

« Last slide in two minutes, my beauties, please ! And then we'll go to bed… », murmura Pervers Pépère, en aparté.

Il venait, par inadvertance sans doute, d'utiliser un pluriel indiquant de manière explicite aux auditeurs attentifs qu'il ne s'adressait pas à une seule exécutante anglophone, mais bel et bien à deux… au minimum. Ah, le vieux sagouin était décidément en grande forme… Quelle santé tout de même ! Et quelle belle preuve de vigueur virile ! Le pauvre Eros, pourtant renommé, n'avait plus qu'à aller se rhabiller ! Le genre de divertissement qui allait couronner au Paradis la conclusion du dialogue de cette nuit entre Dieu et les Terriens paraissait de plus en plus évident. Mais bon… il est de notoriété publique que les grands hommes d'état soumis à des tensions intenses et récurrentes n'ont rien trouvé de mieux pour se délasser qu'une bonne partie de jambes en l'air, que ce fût à deux… ou en groupe. Et le bienheureux Créateur, en maître absolu de sa logistique, hébergeait ses camarades de jeux au sein même de sa maison. Il n'aurait donc même pas à se déplacer en scooter et en catimini dans la rue d'en face ou à se rendre dans un quelconque autre lieu neutre et discret pour assouvir ses penchants, contrairement à d'autres politiciens et présidents, dont nous tairons pudiquement les noms.

Il y eut une nouvelle pause de silence, intentionnellement provoquée par le présentateur-vedette, désireux d'amener la populace répartie sur le globe à réfléchir sur tout ce qui venait d'être énoncé. Une petite séance d'introspection, même collective, ne fait jamais de mal. De la réflexion pourraient enfin naître la prise de conscience et les actions adéquates.

L'interruption muette se termina pile au bout de deux minutes, selon les exigences de l'animateur de cette soirée un peu spéciale, réalisée avec le concours actif de ses pinups anglo-saxonnes.

Le document hautement confidentiel précédemment présenté à ce pauvre Saint Pierre apparut…

**Organigramme en vigueur auparavant :**

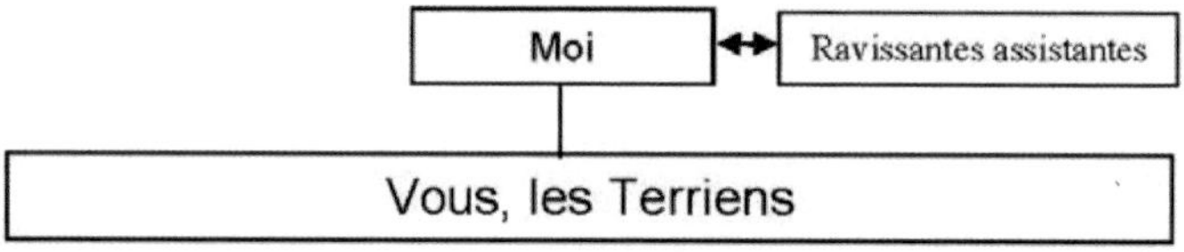


******************************************************

**Organigramme valable dès à présent :**

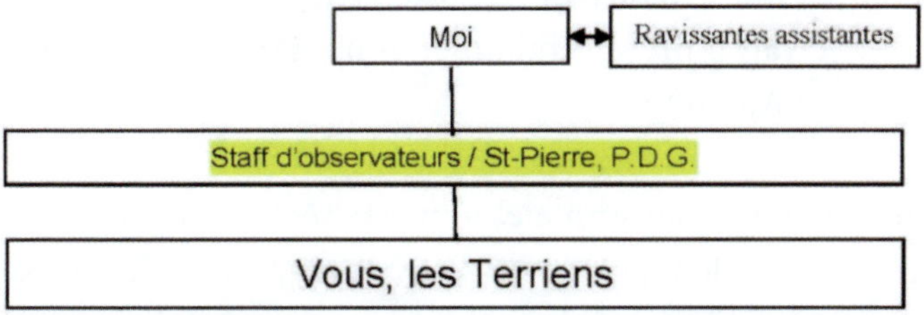


********************************************************

Après que l'auditoire eut visionné l'ultime diapositive, tous comprirent que désormais ils se trouveraient à chaque instant dans le collimateur d'un quelconque obscur mais diligent collaborateur céleste. De tout temps il n'avait existé pour les humains qu'un seul élément susceptible de les museler et de les faire se tenir tranquilles : la peur. Récemment ravivé par Dieu, ce sentiment mènerait immanquablement à l'avenir les derniers réfractaires vers une certaine sagesse…

Et voilà… le show en Mondovision tirait à sa fin. Le Père éternel avait rempli sa mission : ramener les brebis égarées dans la quiétude de la bergerie et tenter de mettre un terme définitif aux actes délictueux des moutons noirs de son troupeau. Il s'éclaircit la voix et prit la parole pour la dernière fois.

« Mesdames, mesdemoiselles et messieurs, merci de votre attention et de votre patience. J'espère que ce que vous avez vu et entendu ce soir vous sera profitable. Je vous souhaite un avenir radieux. Nous nous reverrons un jour c'est certain… mais je ne suis pas pressé que ce moment arrive. Longue et heureuse vie terrestre à vous tous ! Avant de couper la communication je tiens à saluer une personne qui m'est chère et qui se trouve actuellement en déplacement. Je lui adresse toute ma tendresse, tout mon amour et une grosse paire de bisous. Il se reconnaîtra…

« Je vais à présent rallumer la lumière… Attention, 3-2-1, top ! Adieu !

La lune et les étoiles réapparurent comme par enchantement dans un ciel toujours serein. De l'autre côté du globe le soleil quant à lui recommença à irradier l'espace de sa bienfaisante chaleur. L'ordre naturel des choses un instant perturbé retourna doucement à sa routine.

Jaycee en proie à une forte émotion composa une nouvelle fois le numéro de son géniteur.

– Ici BFM TV, news en continu ! Qui demandez-vous ?

– Papa ! Mais arrête tes gags d'adolescent. T'as passé l'âge !

– Comment j'ai été ? demanda sans autre préambule la vedette du show, qui semblait souffrir après sa prestation d'un accès subit de cabotinage.

– Vraiment excellent ! J'ai adoré ! rétorqua Jésus, d'une voix de groupie en chaleur.

– Tu rentres à ton hôtel ?

– Bien sûr et je vais passer une excellente nuit car j'ai compris ce soir quel était le but final de toute cette odyssée. Encore bravo ! Et merci pour le message personnel…

– De rien, c'est normal, je t'aime. Tu sais quoi ? Je me demande si je ne vais pas m'emmerder royalement si les humains se mettent à devenir des modèles de perfection… Vais me retrouver au chômage technique, moi !

– Si jamais tu déprimes j'aurais peut-être une solution.

– Ah bon ? Et laquelle ?

– Ben… tu créeras une planète exactement semblable à la Terre, avec toute la panoplie, espèce humaine incluse. Tu verras ils vont te rendre la vie impossible très tôt. Ainsi tu ne t'ennuieras pas !

– Mais où tu vas chercher tout ça, toi ? C'est positivement génial ! On en parlera en temps voulu. Dis-moi, tu vas encore sillonner les routes fribourgeoises ?

– Oui, je suis tombé amoureux de ce coin et je m'y sens à l'aise !

– Puisqu'on parle d'émois géographiques… tu devrais aller faire un tour aux environs de Gumefens, il paraît qu'il y des curiosités à découvrir. Tu iras ?

– Promis, je m'y rendrai demain. Je te laisse te reposer, tu dois être assez fatigué. Dors bien ! Gros becos ! Je boucle !

Jaycee remonta dans son carrosse en miniature et refit à allure modérée le chemin en sens inverse. Son véhicule sagement rangé entre deux lignes jaunes du parking il se dirigea à pas feutrés vers l'entrée de l'hôtel, inséra sa carte dans la fente du lecteur chargé de filtrer les accès, retint la porte afin qu'elle ne claque pas en se refermant et marcha à pas de loup jusqu'à sa chambre. Il se déshabilla rapidement et s'enferma dans la salle d'eau. Il ressentait le besoin d'une douche chaude et voluptueuse après son entracte dans l'atmosphère glacée de la montagne. Ses ablutions terminées il enfila un caleçon court en pur coton bio gris clair, ainsi qu'un tee-shirt de même facture et se glissa sous l'édredon de plumes. Le sommeil ne mit pas longtemps à l'étreindre dans ses bras rassurants. Sa dernière image consciente consista en une réminiscence des événements uniques et extraordinaires dont il avait été le témoin peu de temps auparavant.

Lorsqu'il s'éveilla vers neuf heures du matin il nota avec satisfaction que le soleil était bien présent et à la place qui lui était assignée. A force de bricoler l'univers Dieu aurait pu commettre une erreur et chambouler l'ensemble du système… Fort heureusement l'opération de minuit avait été soigneusement planifiée et exécutée avec la plus extrême rigueur par son initiateur.

Il ouvrit la porte-fenêtre donnant sur la terrasse. S'attendant à ressentir une douce tiédeur il fut surpris par la gifle intempestive que venait de lui asséner un petit vent de nord aigrelet qui soufflait en rafales brèves et mordantes. « Faudra prévoir une petite laine et un coupe-vent », se dit-il.

A la salle à manger il cueillit au vol un exemplaire du journal local abandonné sur une table voisine par un client de passage et se servit un substantiel petit déjeuner. Il appréciait avec un plaisir grandissant cette douceur de vivre et commençait à redouter le moment où il devrait regagner ses pénates lointains et inhospitaliers.

La suggestion émise naguère par son paternel au sujet de Gumefens se paya une petite visite en forme de rappel dans son cortex cérébral. Malgré une météo moins clémente et n'engageant guère à la flânerie une promesse demeurait une promesse et Jaycee n'était pas du genre à se parjurer.

En page douze du journal il tomba sur une grille de mots croisés, jeu auquel jamais auparavant il ne s'était adonné. Cette grille aux cases noires et blanches attisa sa curiosité. Le climat à l'extérieur ne semblant pas être enclin à une quelconque amélioration il décida de demeurer à l'intérieur et de donner un peu de travail à ses méninges. Il saisit un porte-mine accroché à une des poches intérieures de sa veste et entreprit de lire les définitions proposées par l'auteur de la grille. Dire qu'il se montra brillant au début serait un mensonge éhonté… Jaycee au Paradis n'était pas réputé pour sa patience, mais curieusement, face à ce passe-temps à haute teneur intellectuelle il se surprit lui-même. Il relit à plusieurs reprises chaque ligne de texte… et tout à coup ce fut comme si on avait allumé la lumière dans sa tête. Dans ce jeu, une fois que l'on avait saisi l'état d'esprit de l'auteur, les réponses arrivaient les unes après les autres, claires comme de l'eau de roche.

Sa première grille achevée et galvanisé par son succès, Jésus, la curiosité et l'esprit de compétition piqués au vif se rendit à la réception et acheta compulsivement l'ensemble des revues contenant des distractions similaires. Vers treize heures, le nez toujours plongé dans ses énigmes, il ressentit une petite fringale. Un serveur jeune et beau gosse lui apporta la carte. Lorsque l'affamé eût arrêté son choix et fait part de ses desiderata au bellâtre à la peau bistre et aux cheveux de jais, il se glissa une nouvelle fois dans son délire cruciverbiste.

C'est alors qu'une pensée parallèle et un peu coquine surgit dans son esprit : l'extravagante et extravertie aïeule aux multiples ravalements de façade rencontrée la veille, qui selon toute vraisemblance ne paraissait nullement opposée aux amours ancillaires, avait-elle également proposé son programme standard à cet employé au physique avantageux ?

Une bribe de réponse parvint au moment où le préposé aux victuailles déposa l'assiette devant son convive. Entourant un auriculaire constellé de poils noirs, une énorme bague en or sertie de petits diamants étincelait de tous ses feux. Pas une bague conçue au départ pour un mâle, à bien y réfléchir. Jésus sourit à la pensée que la mémé était un peu l'équivalent terrestre de son père en matière de gaudriole, sauf que Dieu n'offrait rien en échange de ses faveurs…

Vers 14h30 les sautes de vent parurent s'atténuer et le néo-fanatique des sports cérébraux quitta la pièce désormais vide, dans laquelle un personnel discret procédait en avance à la mise en place du nappage et des couverts en vue du prochain repas.

Désireux de profiter de cette accalmie il quitta aux environs de 14h45 le périmètre de l'hostellerie et se cala une nouvelle fois sur la route nationale numéro douze. Tout en avalant les kilomètres il se mit à repenser à ce que Dieu avait suggéré quelques temps auparavant, quand il avait questionné son routard au sujet d'une rencontre dans un restoroute… En principe Dieu ne parlait jamais pour ne rien dire, ses plaisanteries un peu lourdingues mises à part.

Que pouvait bien signifier tout cela ? Était-ce une phrase d'une importance capitale, mais dissimulée derrière un code impénétrable, ou simplement une demande innocente et polie, le genre de question qu'on pose pour alimenter une conversation ?

Agacé par le fait d'être impuissant à réassembler correctement les pièces de ce puzzle, Jésus décida de repasser au relais routier. Refaire le chemin parcouru permet parfois à la mémoire de faire réapparaître des images, des sons et des impressions que l'on avait crus effacés à jamais.

Il pénétra dans le hall principal du relais routier à 15h05 tapantes et emprunta en accéléré un parcours identique à celui déjà effectué. Il termina son errance par le passage devant la caisse et dut se rendre à l'évidence : rien n'était venu lui rappeler un quelconque fait marquant. Il trouvait son comportement présent irrationnel et se traita mentalement de cinglé en reprenant place dans son cabriolet. Il était 15h10… et un détail d'importance venait d'échapper à la sagacité de monsieur Christ.

Il ne s'agissait pas d'un élément présent dans la boutique de souvenirs patriotiques en cet instant, mais plutôt d'un composant essentiel à caractère charnel qui ne s'y trouvait plus depuis cinq minutes…

Maeva Dupré, belle et naturelle créature à la quarantaine rêveuse et solitaire, à la chevelure blonde, aux yeux améthyste et à l'existence désabusée un peu secrète, venait de terminer son travail pour regagner son domicile situé dans un village distant d'environ deux kilomètres.

Cette demoiselle n'était pas à proprement parler la plus heureuse des femmes. Son parcours de vie dans le domaine amoureux ressemblait sous certains aspects à celui d'un certain Jaycee. Comme la plupart de ses infortunées consœurs, elle avait cru avec naïveté en l'amour, mais n'avait rencontré lors de ses relations éphémères que des échecs douloureux et décevants.

Était-elle trop exigeante ou exagérément idéaliste ? Pour l'instant son état d'esprit oscillait entre résignation et espérance.

Un fait la troublait pourtant… Au cours de son existence, pour une raison qu'elle ne s'expliquait pas, un songe récurrent était venu hanter sa quiétude nocturne à intervalles très espacés et irréguliers, mais toujours avec la même insistance : le souvenir d'un événement auquel elle était quasiment certaine de n'avoir jamais été mêlée. Cela s'était produit une bonne dizaine de fois et puis soudain… plus rien, rideau, le noir complet… Elle pensait avoir été débarrassée à jamais de l'importune évocation… jusqu'à ces derniers temps, durant lesquels la vision avait ressurgi à deux reprises, mais cette fois en plein cœur de la journée.

La réminiscence en soi ne constituait que la partie mineure de la séquence qu'elle percevait, car l'ambiance et le décor baignaient dans un flou irréel et dépourvu du moindre son, rendant hypothétique tout point de repère dans le temps ou l'espace. Au fur et à mesure du déroulement de la scène, qui ne durait qu'une poignée de secondes, apparaissait un visage masculin, lui aussi impossible à identifier. Puis l'image se concentrait sur ce qui paraissait être un regard, comme sous l'effet d'un cadrage serré… avant de s'estomper et de s'évanouir tout à fait.

La dernière éclosion de ce rêve dérangeant avait eu lieu quelques jours plus tôt, à son poste de travail, précisément pendant une heure d'affluence record où, affolée, elle se débattait avec une clientèle peu encline à l'indulgence. Les quidams alignés derrière son comptoir n'avaient démontré ni compréhension ni respect à son égard et elle avait dû résister à l'envie folle de leur dire leurs quatre vérités, de faire voler son badge à travers les rayons et de s'enfuir… pour conserver sa dignité. Pour tempérer cette pulsion de rébellion, la sagesse lui dicta de ne pas s'abandonner à réaliser ses desseins et elle demeura à son poste, effacée, tête basse, pour ne pas avoir à croiser leurs faciès indifférents, jouisseurs, dominateurs ou chargés de méchanceté gratuite. Et puis elle avait sa fierté et ne s'abaisserait pas à contenter les bas instincts de cette meute de cloportes.

Elle se souvint d'avoir un instant redressé la tête, regardé droit devant elle et avoir reçu comme un cadeau le sourire de réconfort d'un inconnu à l'aura particulière, planté comme un arbre paisible et rassurant devant sa caisse enregistreuse. Un moment d'exception brusquement remplacé par la réalité de sa vie quotidienne : morne, routinière et à laquelle il manquait un élément essentiel.

Par chance, pour meubler ce vide affectif il y avait la peinture et la sculpture. Dans le petit atelier aménagé au sein de sa maison, Maeva s'y plongeait à corps perdu, avec une passion désordonnée et cet engouement occupait l'entier de ses soirées et de ses jours de liberté.

Malgré sa timidité et son goût pour la discrétion, elle avait osé comme un défi lancé à elle-même, proposer ses œuvres à un galeriste de la région. Bien lui en prit… Des amateurs éclairés, séduits par son univers indéfinissable, en avaient acquis quelques-unes, avant d'en demander de nouvelles, avec une insistance croissante.

Dans le monde pudique, feutré et baroque qui était le sien, Maeva se prenait à rêver à l'avènement du jour de son indépendance. Emancipée, elle quitterait alors son emploi subalterne et sans intérêt pour ne se consacrer qu'à cette sorte de sacerdoce.

A défaut d'une existence sentimentale taillée selon ses désirs, elle se réfugierait dans les méandres de la création abstraite, là où tous les imaginaires, les nuances et les formes deviennent possibles.

En cet instant précis, sur la nationale douze, elle roulait à bicyclette face à un vent insidieux, s'efforçant de coller le plus possible au bord droit du ruban goudronné. L'atmosphère se chargeait peu à peu de nuages gris et bas. Les bourrasques de vent quant à elles semblaient avoir décidé de renforcer leur contribution désagréable et incommodante à ce tableau, la contraignant à certains moments à tenir plus fermement son guidon, afin de ne pas se voir déportée vers le léger contrebas qui jouxtait le tronçon qu'elle venait d'entamer. Arrivée à un embranchement elle quitta la route secondaire pour s'engager sur sa droite dans un chemin plus étroit. Après quelques coups de pédale sur cette nouvelle voie, subitement transie de froid et grelottante elle leva sa main droite dans un geste destiné à fermer le bouton supérieur de sa parka imperméable et se vit obligée un bref instant de ne tenir son guidon que d'une seule main. Elle était trop pressée d'arriver à bon port et ne jugea pas utile de poser pied à terre… La scène à partir de cette seconde se déroula comme dans un ralenti de cinéma :

Jaycee avait bien entendu aperçu la frêle silhouette vêtue de noir circulant avec peine devant lui. Il ralentit fortement son allure et actionna d'un geste automatique le levier du sélecteur régissant les clignotants. La largeur du chemin bien que réduite permettait aisément d'effectuer un dépassement en toute sécurité, à condition bien entendu que le véhicule n'ait pas été piloté par la mère de Jésus, ni par ses pochtronnes de copines.

Il se déporta au maximum sur la gauche de la chaussée afin de maintenir un écart suffisant entre sa carrosserie et le deux-roues. Les pneumatiques nervurés du cabriolet outrepassèrent un instant le bitume et gratifièrent l'accotement de terre molle d'une brève interférence caoutchouteuse.

Parvenu à la hauteur du vélo Jaycee jeta un coup d'œil rapide sur sa droite et vit que la personne en question était une femme, apparemment gelée jusqu'à la moelle, à en croire les efforts qu'elle déployait pour boutonner d'une seule main le haut de sa longue veste.

Quelques dizaines de mètres plus loin il se replaça sur le côté droit du chemin et regarda machinalement dans son rétroviseur central, alors qu'une rafale plus impétueuse que les précédentes provoquait un acouphène hurleur dans l'habitacle. Ce qu'il vit dans le miroir lui fit planter les freins en un réflexe fulgurant. La femme, sans doute surprise par la saute de vent inattendue venue de sa gauche avait disparu en une fraction de seconde de son champ de vision. Il enclencha la marche arrière à toute allure, s'arrêta à l'endroit supposé de l'accident et quitta en hâte sa petite anglaise, non sans avoir au préalable, avec une certaine fébrilité, extrait de son coffre un large plaid de laine.

Son pressentiment s'avérait exact. La femme gisait face contre terre, dans une pente assez douce en dévers, quelques mètres plus bas, son engin sagement étendu à ses côtés, sauf cette petite anarchiste de roue avant qui avait adopté un angle différent et qui continuait à tourner paresseusement, accompagnée dans sa rotation d'un imperceptible cliquetis métallique.

Jésus courut jusqu'au point de chute puis se pencha au-dessus du corps étendu. A première vue plus de peur que de mal… Aucune trace de sang ne décorait de sa trace sinistre le fin et mousseux tapis vert. « Vous allez bien, rien de cassé ? », questionna-t-il angoissé.

Un très infime gémissement se fit entendre…

On appelait communément Jésus : « le Sauveur » mais dans ce cas le vocable “sauveteur” eût été plus approprié. Il prit une décision un peu impulsive mais qui s'avéra être la bonne : il entreprit de retourner avec la plus grande douceur la gisante dont la parka souillée de terre et d'herbe s'était partiellement entrouverte, sans doute à cause des culbutes provoquées par la chute.

Immense fut sa stupéfaction lorsque l'échancrure provoquée par l'ouverture du vêtement matelassé laissa apparaître un uniforme rouge. Sur un des revers de col de la veste était épinglé un petit badge sur lequel étaient gravés le logo du restoroute et un nom : Maeva Dupré… A ce moment précis l'évidence s'imposa comme un flash et Jésus put reconstituer le puzzle qui l'avait tourmenté un peu plus tôt. Dieu n'avait donc pas mentionné sans raison l'endroit exact et une certaine rencontre. « Très fort, le vieux »… reconnut-il, admiratif.

Le bon samaritain entreprit sans attendre de reboutonner la parka, puis d'entourer au mieux le corps et les jambes de la victime au moyen de la couverture afin qu'elle ne prenne pas froid. Il souleva ensuite la partie supérieure du corps de Maeva avec précautions puis plaça sa tête et son buste au plus près de sa poitrine pour lui communiquer un peu de chaleur, alors que ses deux mains enserraient avec une tendresse extrême ce trésor féminin aux contours délicats et purs.

Quelques longues secondes s'écoulèrent et Maeva ouvrit lentement les paupières, au grand soulagement de son infirmier de circonstance, lequel ne cessait de l'admirer, totalement subjugué. Encore un peu hébétée elle scruta les alentours puis tourna son regard vers le haut. Ils se dévisagèrent quelques secondes sans rien dire… puis ces deux êtres connurent le plus intense bouleversement de toute leur existence. Au-delà de l'écran de leurs yeux on pouvait distinguer de plus en plus clairement l'aura réunifiée de deux âmes trop longtemps séparées et qui venaient de se fondre l'une dans l'autre en une parfaite osmose[4]. Enlacés, muets, étonnés, éblouis et au comble du bonheur ils désirèrent profiter de cet instant de félicité trop longtemps attendu et demeurèrent immobiles, soudés l'un à l'autre. Pour les inciter à se maintenir dans ces dispositions un vent chaud opportun vint remplacer la bise et chasser les derniers nuages, aidé en cela par un soleil caressant.

Au crépuscule la Mini emmena tout ce beau monde, vélo meurtri inclus, vers un autre horizon. Maeva ne souhaitait en aucune façon quitter son amoureux, les années sans sa présence ayant été fort pénibles à supporter. Opinion à laquelle l'intéressé adhérait de manière totale. Elle l'incita et le persuada avec une grâce toute féminine à partager son repas et sa nuit à son domicile, situé de manière fortuite et incroyable, dans le village de Gumefens. Encore une pure coïncidence ou la marque de la prescience divine ?

L'auteur de ce livre ayant refusé par souci d'éthique et d'indépendance les avances pressantes de la presse people, nous ne nous attarderons donc pas outre mesure sur les tendres moments qui enjolivèrent cette nuit-là l'habitation de Mademoiselle Dupré, pour des motifs évidents de respect de la vie privée. Disons simplement que l'accord entre nos deux âmes-sœurs n'était affligé d'aucune divergence, quel que fût le sujet.

Le lendemain matin les deux amants se désenlacèrent un instant pour partager le premier petit déjeuner de leur nouvelle vie. Jaycee, en parfait galant homme, s'occupa de la préparation du café et se porta volontaire pour beurrer les

---

[4] *Pour celles et ceux qui n'auraient pas tout saisi du premier coup on va la refaire en version abrégée et simplifiée : « JC » a enfin retrouvé « M » ! C'est bon ? Vous avez tout capté ?*

tartines. Il véhicula ensuite sa compagne jusqu'à son lieu de travail, en lui promettant de mettre un terme à son séjour à l'hôtel et de venir la rechercher au même endroit à quinze heures. Un très long baiser passionné et ils se quittèrent à regret, même si l'absence promettait d'être de courte durée. Ahhhh… l'amour !

En regagnant pour la dernière fois son gîte temporaire Jaycee ne pouvait s'empêcher d'essayer de se remémorer les diverses discussions que son père et lui avaient eues depuis la genèse de cette aventure. Parvenu dans sa chambre, il réunit ses affaires dans son sac de voyage et effectua un tour final d'inspection afin de s'assurer de ne rien oublier derrière lui.

Il se rendit ensuite à la réception, régla sa note et commanda un ristretto en demandant qu'on le lui serve sur la terrasse.

L'endroit était désert, heureusement. Il avait besoin d'avoir une franche explication avec l'auteur de ses jours. Il saisit son portable et suivit la procédure habituelle en vigueur pour passer un appel.

– Hola ¿qué tal ? hurla une voix à l'autre extrémité de la connexion.

– Tu es en Espagne ou quoi ?

– Mais non, je sers la sangria ! On a organisé une fiesta d'enfer, si j'ose dire ! Depuis hier soir tout le monde ici fait la bringue ! Y'a pas mieux que les Espagnols pour ça !

– Ah bon ? Et c'est en quel honneur cette… nouba ?

– Tu plaisantes, j'espère ?

– Non, j'ai beau me creuser les méninges, je ne vois pas !

– OK… Je vais te poser une simple question dans ce cas : rien de nouveau dans ta vie depuis hier après-midi ?

– Mais si ! Justement j'allais t'en parler !

– Inutile, mon grand, je suis déjà au courant, et c'est pour cette raison qu'on fait la teuf !

– C'est quoi une... teuf ?

– M'enfin, mon petit, tu retardes ! C'est une fête... prononcée à l'envers !

– Et comment tu as fait pour tout savoir ?

– Primo je suis Dieu donc je sais absolument tout ! Et deuxio je te signale que depuis ton allusion à la cause profonde de ton célibat, je me suis attelé à te placer sur le chemin que j'avais décidé de tracer pour toi. Cela s'appelle la technique de l'entonnoir... Afin de ne pas éveiller tes soupçons j'ai lâché à intervalles réguliers des indices brefs contenant la juste dose d'hermétisme. D'abord j'ai évoqué un repos en terre helvétique au sens large, puis j'ai resserré sur le canton de Fribourg en général, puis je t'ai parlé du restoroute et enfin du village de Gumefens ? Tu piges le truc ?

– Et la rafale de vent décisive ? C'est toi aussi ?

– Ça se pourrait bien... confessa Dieu en riant.

– Purée... T'es trop fort, papa ! En fait je suivais des rails sans le savoir... Bravo ! Mais j'ai quand même eu quelques doutes, à certains moments...

– Oui, je sais... Mais avoue... le résultat final valait bien ce petit jeu, non ?

– Je suis heureux à présent et suis content que tu partages mon bonheur, dit Jésus très ému.

– Tu me la présentes quand, ta fiancée ?

– Ben... il y a un petit problème... C'est aussi pour cette raison que je t'appelle. Je ne vais pas revenir chez toi avant un bon moment. Je veux vivre avec la femme que j'aime jusqu'à la mort ; la sienne je veux dire, puisque moi je ne suis pas mortel. Vu que toi tu es éternel ça ne devrait pas poser trop de problèmes, même si Maeva vit au-delà de cent-dix ans ! Et quand ce jour arrivera, nous reviendrons ensemble à la maison, pour l'éternité.

– Accordé, mon petit, ton bien-être passe avant tout ! Mais promets-moi de me téléphoner une fois par semaine. D'accord ?

– Promis, papa, nous serons toujours connectés, quoi qu'il advienne… Je t'aime !

Sur un fond de mélancolie un peu nostalgique, le dialogue prit fin. Et chacun retourna à ses occupations…

*Dessin de Brunor*

# Épilogue

Quelques semaines plus tard, Maeva et Jaycee s'installèrent dans une maison un peu plus grande mais d'apparence modeste au centre d'un très joli village de la région.

Jésus, à l'aide d'un prêt remboursable sur cinq ans accordé par le département Immobilier et Investissements d'Eden City, avec bien entendu l'aval du Big Boss, ouvrit un magasin de motos qui devint rapidement le quartier général des bikers les plus acharnés du canton. Maeva, quant à elle, quitta enfin son emploi alimentaire pour ne se consacrer désormais qu'à la peinture et à la sculpture.

Dieu, de son côté, venait de valider un plan visant à la rénovation totale d'Eden-City. Il avait jeté sa réserve de tranquillisants à la poubelle et appréciait à nouveau les couleurs pimpantes.

Il souhaitait pour son fils et sa bru un environnement plaisant et une atmosphère positive, lorsque tous deux rentreraient au foyer… Il n'abandonna cependant pas son penchant pour la dive bouteille. Ni ne perdit son attirance pour les petites assistantes…

Si d'aventure vous passez dans cette bourgade fribourgeoise, prenez la peine de vous arrêter. C'est facile à trouver : la maison est blanche et tout autour règne une atmosphère d'harmonie et d'amour. Pour vous situer encore plus facilement sachez que dans le jardin on peut apercevoir une... *Triumph Bonneville Custom* un peu rouillée et recouverte de fleurs. Approchez-vous encore... et regardez à l'intérieur. Vous y verrez une très jolie femme blonde, radieuse et comblée.

Face à une baie vitrée inondée de lumière... elle peint...

Son amoureux va bientôt rentrer et tous deux vivront un autre moment de tendresse, de complicité, de dialogue et de partage.

Pour autant que les cocktails de fruits, les petits cafés serrés et les histoires assez rocambolesques ne vous rebutent pas... vous vous sentirez à l'aise dans cet endroit hors du temps et un peu magique.

On vous attend !

# Remerciements

*Malgré de nombreuses relectures, certaines petites erreurs orthographiques ont échappé à la vigilance de l'auteur… (mais aussi à celle du soi-disant « correcteur automatique », gracieusement inclus dans MS Word®).*

*Je sais, ce n'est pas bien ! Je vais donc adresser à moi-même, ainsi qu'à Bill Gates et sa bande, une note de protestation assez sèche, afin de replacer tout ce beau monde sur le chemin de la perfection…*

*Je tiens à exprimer ici mes remerciements et ma gratitude envers les personnes à l'œil neuf et aiguisé qui ont pris la peine de lire attentivement ce bouquin et qui m'ont aimablement signalé les petites malfaçons citées plus haut.*

*Une mention spéciale à Marina et à Mariette (encore deux prénoms avec l'initiale "M", au cas où vous n'auriez pas remarqué !)*

Cet ouvrage a été composé par Edilivre

175, boulevard Anatole France – 93200 Saint-Denis

Tél. : 01 41 62 14 40 – Fax : 01 41 62 14 50

Mail : client@edilivre.com

www.edilivre.com



ISBN papier : 978-2-414-06749-7

ISBN pdf : 978-2-414-06750-3

ISBN epub : 978-2-414-06748-0

Dépôt légal : juin 2017



*Imprimé en France, 2017*